諸神的差使

5

淺葉なつ

主要登場人物

萩原良彥

本作的主角，二十五歲的打工族。擔任代理差使一年之後，終於被任命為正式差使，但是依然沒有交通津貼以及各種保障。打工薪水以及假日都因為差事而泡湯，過著淚漣漣的每一天。

黃金

掌管方位吉凶的方位神，外表是隻狐狸，在情非得已的狀況之下成為良彥的監督者。對於人類的食物很感興趣，最近盯上了當地甜食。

藤波孝太郎

良彥的老朋友，大主神社的權禰宜。外貌一表人才，總是笑臉迎人，但內心其實是個超級現實主義者。他不知道良彥是差使，對於頻頻探詢神明之事的良彥感到詫異。

吉田穗乃香

大主神社宮司的女兒，現為高中女生。擁有「天眼」，能看見神、精靈及靈魂等等。過去曾受良彥幫助，因此竭盡所能地協助差使辦理差事

說書

「慎始慎終，孜孜莫怠。」

這是《古語拾遺》中，倭建命啟程前往東方時，姑母倭比賣命連同草薙劍一同授予祂的話語，意思是人生必須時時謹言慎行，不可怠惰，精益求精。換言之，在凡人的人生之中，這是通往成功的不二法門。這個道理也適用於那個從「代理」榮升「正式」的差使身上。

「『代理』和『正式』差使有什麼不同？」

對於這個初次聽聞的字眼，打從雀屏中選便是正式差使的他，似乎有些困惑。其實以「代理」頭銜任命差使原本就是前所未聞，那小子是頭一個擁有這種頭銜的人，恐怕也是最後一個吧。之所以兜這麼大一圈任命那小子為差使，是基於大神的強硬推薦。祂以帶有觀察意味的「代理」形式，說服其他反對的眾神。除此之外，「代理」和「正式」並無任何不同。

「咦？這麼說來，成了正式差使，和『代理』時的待遇沒有任何差別？」

過了秋天的彼岸節（註1），灼熱的陽光略微減弱，空氣中夾雜著一陣涼意。這個季節每到傍晚，便可在蟬鳴大作的境內聆聽蟲兒的饗宴。

「哎，說得也是。又不是當了正式差使就有報酬可拿，也沒有交通津貼。至於年金增加、健保費免除、住民稅減免之類的福利，更是一項也沒有。」

他盤起手臂說道。不知是受到誰的影響，仍是學生的他說起話來相當現實。

「完全是榮譽職，真傷腦筋。」

他無奈地聳了聳肩，但是樣子看起來卻和話語相反，顯得有些自豪。這份替神明辦事的工作並不是想做就能做，必須經由神聖的神議選拔任命。

「……啊，還是成為正式差使以後，差事的難度提高了？」

他忽然靈光一閃，將視線轉向我。淡淡的綠色緒帶在他的脖子上柔軟地擺動著。

縱使從「代理」晉升為「正式」差使，差事的內容也不會因此變得複雜。當事人亦是毫無謙遜之心，並未因為晉升正式差使而振奮，或是自覺責任重大而變得更認真，依然過著一如平時的生活。這究竟是處之泰然或粗枝大葉，很難定論。唯一可以確定的是，他仍舊和過去一樣，持續傾聽眾神的聲音。

他的所作所為皆是出於真心誠意這一點，我也姑且在此傳承下去。

直至我的鱗片褪去色彩的那一日為止——
若這個故事能被傳承下去，落入後世的凡人手中，
那也會是，無常人世中的一大樂事吧。

註1：雜節之一。以春分、秋分為中心日，前後三天，共計七天。通常在這段期間會進行掃墓或進香等活動。

一尊　天孫之鏡

一

「我寶貴的暑假……」

良彥在機場出口瞪著巴士時刻表，唉聲嘆氣。走出自動門的瞬間，夏天的溼氣便纏繞全身。京都同樣有盆地特有的悶熱感，而這個靠海的南國，溼度似乎更勝京都。

「死心吧，良彥。你是凡人，更是差使，你的行動全在大神的掌握之中。」

說著，黃金從良彥腳邊冷靜地仰望著他。初次搭乘飛機的黃金雀躍不已，見了寬敞的機場，開心得活蹦亂跳；隔著窗戶看見機體，又是一陣興奮。然而，離地時的重力讓祂陷入恐慌，把壓住祂的良彥手臂抓出了一道大大的爪痕。雖然飛行時間只有一小時，但因為祂的緣故，良彥的身心感到莫名疲憊。

「就算是這樣……」

時間將近上午十點，氣溫已經超過三十度，額頭上直冒汗水。良彥拿出智慧型手機，確認神明坐鎮的神社怎麼走。搭機前，他已經向唯一可以抱怨差使辛酸的穗乃香報告事情的來龍去脈，但是她還沒回覆。

「我沒有度假的自由嗎？」

在鹿兒島的天空之下，良彥發出悲痛的吶喊。

昨天，良彥睡到中午才起床，在客廳邊吹電風扇邊吃麵線。下週的盂蘭盆節他必須天天上班，因此從今天起預放了四天假。換句話說，這等於他的暑假。他從事的是清潔業，長假期間這種辦公室裡無人上班的時期反而是旺季。住在家裡的良彥休假的這段期間，盂蘭盆節預定返鄉的工讀生會代他的班。

「對喔，現在是暑假嘛……」

良彥看著電視上播放的「今夏推薦出遊景點特輯」，想起剛才穗乃香傳到自己智慧型手機裡的簡訊，說她這幾天都住在阿姨家。她們母女倆似乎每年都會留下擔任宮司的父親自行出遊，文末還說她會買紀念品回來。

「可以旅行，好羨慕喔……」

融化的冰塊在麵線容器中發出鏗鏘聲。兩個月前，他因為烤肉醬中獎而前往愛媛，誰知卻在旅行地接下差事，成了差事之旅。不知道已經幾年沒有過單純的觀光旅行？搞不好得追溯到大學的畢業旅行。

良彥在變稀的醬汁裡加上薑片，漫不經心地觀賞打著「這個夏天盡情享樂吧！」的口號，介紹游泳池最新遊樂器材的電視節目。良彥喜歡家鄉，不常出遠門。但是一有人拿「一年一度的夏天」、「出門去玩吧」之類的說詞慫恿，他就有種必須照辦的感覺。

「我也找個地方去玩好了。」

雖然良彥一年到頭都阮囊羞澀，但是前幾天是月底，才剛發薪，現在應該擠得出錢來。說歸說，不知道大神幾時會交辦遠方的差事，倘若一時得意忘形把錢花光，日後恐怕會自食惡果。如果良彥因為缺錢而無法去找差事神，大神會不會匯款給他？

「……或是再次中獎？」

既然都要保佑自己中獎了，比起抽獎抽中，良彥更想中高額彩券。

電視中的節目主持人，把話題從夏天的推薦景點轉移到最近新聞也常報導的廉價航空。主持人比較廉價航空與大型航空公司的票價，強調便宜一半以上。

「廉價航空啊……」

對於多半靠電車或巴士代步的良彥而言，飛機是夢幻的交通工具。良彥一面吃麵線，一面看著女藝人裝模作樣地驚嘆票價居然如此便宜。從關西到東京，單程一萬圓；如果提前預約，連去沖繩都不到一萬圓。的確，如果是這個價格，良彥只要節省一點就能成行。

「終於起床啦？」

外出歸來的黃金出現在走廊上。祂上了二樓，隨即又叼著宣之言書下樓來。

「良彥，你可是從代理差使晉升為正式差使的人，作息不能規律點嗎？你成為正式差使之事已經傳遍整個神界，從平日就做好準備、加強鍛鍊，以備大神交辦的任何差事，這是你的分內工作。」

黃金把從二樓叼來的宣之言書放到桌上，並用前腳拍了幾下。

「還有，你該隨身攜帶宣之言書，這樣神名浮現才能立刻察覺。這是差使應有的態度。」

「咦？我正在吃麵線耶，宣之言書沾到醬汁弄髒了也沒關係嗎？」

「當然有關係！你只要小心點就行了！」

黃金凶巴巴地反駁，良彥一臉厭煩地瞥了祂一眼，把視線轉回強調「現在還訂得到暑假期間的機位！」的電視節目上。

「……我也好想旅行喔……」

期待與差事無關的長途旅行，是如此不應該的事嗎？

黃金對喃喃自語的良彥投以啼笑皆非的眼神，鬍鬚隨著電風扇的風搖曳。

「你的薪水如此微薄，既然身為差使，就該做好萬全的準備，以免妨礙差事的執行。像你這樣放縱玩樂，要是有差事吩咐下來，要怎麼——」

祂的話語突然因為電視傳來的女主持人聲音而中斷。

『要推薦給女性朋友的，當然就是旅行地才吃得到的當地甜點囉！』

『是啊！使用當地特有的食材製作的冰淇淋及布丁都大受歡迎。』

『在戶外玩累了，就來個甜點巡禮，一樣樂趣無窮。』

聞言，黃金的眼神全變了。祂的內心似乎相當糾結，嘴巴半開，耳朵頻頻擺動。

「……哎、哎，偶爾來趟長途旅行，以養精蓄銳的觀點而言，倒也無可厚非……」

良彥板著臉凝視態度突然軟化的黃金。祂還是老樣子，心思全寫在臉上，真不知道該說祂單純還是什麼。不過，這是個大好機會，絕不能放過。良彥指著電視，考慮旅行地點。

「搭廉價航空，就算到北海道，單程也不到一萬圓。北海道比這裡涼快，還有很多好吃的甜點和海產，只要訂得到便宜的商務旅館，玩個三天兩夜應該沒問題。」

「甜、甜點和海產……」

「啊，還是去沖繩好呢？故意往氣候炎熱的地方跑也是一種選擇，在碧海藍天之下大啖熱帶水果。」

「熱帶……」

「還有烤肉、煙火和夏日的邂逅……」

就在一人一神半張嘴巴各自妄想之際，良彥察覺視野一角格外明亮而轉過視線。

「……我只是想放鬆一下而已……可是……」

電視裡依然在宣傳廉價航空的空位。以主持人「現在立刻訂位！」的慫恿聲為背景，宣之言書隨著淡淡的光芒打開，浮現了神名。

邇邇藝命。

這個名字好像是被稱為天孫的那尊神明？

同時，良彥搭乘廉價航空前往的地點也強制決定了。

二

「鹿兒島？」

穗乃香凝視著智慧型手機，喃喃自語。越發燦爛的上午陽光，在她束起頭髮而露出的白皙後頸上躍動著。

跟著母親一起拜訪住在宮崎的阿姨，是每年的例行行程。身為獨生女的穗乃香和其他表兄姊的年紀相差許多，早已成年的表兄姊從不對她多加干涉。而她也習慣獨來獨往，對於這種關係並不引以為苦。

「怎麼了？穗乃香，要走囉。」

母親察覺女兒停下腳步，回過頭來。

穗乃香原本就淺眠，這一天也是一大早就起床，觀賞阿姨出於興趣種植的各色牽牛花。見狀，母親便在早餐過後和阿姨一起帶著穗乃香去散步。

「啊，嗯……」

雖然如此回應，穗乃香仍舊在原地呆立了一陣子。她沒想到良彥會在這時候來到鹿兒島。旅行最後又牽扯上差事，良彥似乎頗為不滿。不過宮崎和鹿兒島比鄰，如果想見面，並非遙不可及的距離。

「穗乃香，再拖拖拉拉，天氣就變熱囉。」

阿姨呼喚道。正在煩惱該如何回覆簡訊的穗乃香，連忙摀著莫名發燙的臉頰答話。過了上午八點，太陽的白光似乎逐漸增強了。

宮崎舊名「日向國」，是伊耶那岐神及神武天皇等日本神話的寶庫，尤其是阿姨家所在的西都市，更是至今仍留有濃厚神話色彩的地區之一，有條沿著古蹟鋪設的「記紀（註2）之路」。母親正是邀請穗乃香一同前往這條路前方的大公園。

穗乃香跟隨前頭的母親她們邁開腳步，然而隔著眼前的小河，她發現從土堤往水面斜生的樹木旁有位女性。

剛才那兒明明空無一人啊？穗乃香還無暇訝異，便先為女性的美貌倒抽一口氣。如絲絹般烏黑亮麗的秀髮上戴著淡紅色花飾，身上穿的是疊了數層的薄薄白衣；衣襬很長，猶如初雪般輕掩堆積的落葉。低垂的雙眼被長長的睫毛覆蓋，櫻花色的嘴唇帶著水嫩的光澤，皮膚如珍珠般白皙光滑。被那雙流轉的美目捕捉到的瞬間，穗乃香下意識地屏住呼吸。

「妳……」

是誰？穗乃香後知後覺地發現這個問題十分愚蠢。這位女性生得這副模樣，當然不可能是

註2：《古事記》與《日本書紀》合稱為「記紀」。

人類。再說，現在穗乃香正循著神話裡某對夫妻的足跡行走，走在祂們相識、生活、生兒育女的場所。

「天眼的女娃兒，我有個不情之請，可否請爾幫我一個小忙……？」

祂用宛若清泉的雙眼略帶顧慮地望著穗乃香，櫻花髮飾隨著祂微微傾斜的頭晃動。

「若是爾說的話，差使或許聽得進去。」

說著，天孫邇邇藝命之妻——木花之佐久夜昆賣，幽幽地嘆了口氣。

⛩

於宣之言書中浮現神名的差事神邇邇藝命，是國民的總氏神——奉祀於伊勢神宮的天照太御神的孫子。過去辦理差事時，良彥聽過祂的名字好幾次，也知道祂在《古事記》中的事蹟。大國主神將國家禪讓給天照太御神的使者之後，帶著大批人馬志得意滿地下凡治理「葦原中國」（凡間）的神明，正是邇邇藝命。

「祢就是那個邇邇藝命啊……」

在黃金的催促下，良彥買了單程五千圓的限時特價機票，搭上隔天最早的班機。

離開鹿兒島機場後，良彥他們坐上了巡迴巴士，又在中途轉搭其他巴士進入山中，前往邇邇藝命坐鎮的神社。下了巴士以後，他們走上紅色欄杆橋，爬上長長的石階，穿過第二鳥居，通過正面的參道，經過社務所前，又穿過第三鳥居之後，終於望見鮮紅色的拜殿。不知是不是溼氣所致，生苔的岩石很多，手水舍的石龍脖子至下巴一帶也都穿上綠衣。

「別突然跑來，還用『那個』這種莫名其妙的強調法。」

雖然是平日，這裡畢竟是觀光景點，香客不少。走上通往拜殿的四階石梯，右手邊是被視為神木的粗壯杉樹，樹齡約八百年。邇邇藝命坐在環繞神木的柵欄上，一臉尷尬地看著良彥。祂的一頭長髮在腦後束起，身穿奇特的猩紅色單衣，白色腰帶用的是使用束繩的女性打結法，一雙赤腳穿著草鞋，看起來毫無貴為天孫的神明樣。豈只如此，乍看之下簡直像個浪子。不過，祂的五官端正，蹙起秀眉的臉龐看起來和良彥年紀相仿。

「因為邇邇藝命和大國主神一樣，並列日本神話的荒唐男神榜首啊……」

良彥喃喃說道。聞言，黃金立刻橫眉豎目。

「嘴巴放乾淨點，良彥！眼前的可是天孫啊！你居然敢說歷代天皇的祖先荒唐！」

「我又沒說錯。天皇的壽命就是因為這尊神明的緣故決定的吧？而且，是基於荒誕不經的荒唐理由。」

「我不是叫你別再說祂荒唐嗎？聽好了，縱使這尊男神真的荒誕不經，祂好歹是替今天的日本奠定根基的神明，理應受到隆重的奉祀，豈容以『荒唐』二字連聲稱之！」

「……我倒覺得你們已經說得夠本了。」

邇邇藝命長嘆一聲，站了起來。

「不過，我也知道現代的凡人怎麼看待我。即使重提舊事，也於事無補。」

根據良彥閱讀的《古事記》，邇邇藝命在葦原中國遇見一位美麗的女神，正是之後成為妻子的木花之佐久夜毘賣。木花之佐久夜毘賣的父親大山積神把姊姊石長比賣一起嫁給上門求親的邇邇藝命，誰知邇邇藝命居然嫌棄石長比賣相貌醜陋，把祂送回去。

「姊姊石長比賣象徵的是如石頭般恆久的生命，妹妹木花之佐久夜毘賣象徵的是如樹花般繁茂的子孫。然而，由於邇邇藝命拒絕迎娶姊姊，後來天皇的壽命就變得和花朵一樣短暫有限……這是一般的說法。」

說到這兒，邇邇藝命回頭看著良彥。

「可是，本來想跟妹妹結婚，素未謀面的姊姊居然一起嫁過來，而且容貌還很……呃，驚人，請祂回去也是合情合理的吧？又沒人事先告訴我，這麼做會反映在子孫的壽命上！」

良彥本想開口反駁，卻又抱頭苦惱。他不知道能否用現代人的觀感來回應這件事。

「再說，我想娶的是佐久夜！當時的我根本無心去愛其他女性！大山積神卻因此大發雷霆，害我做了三天三夜的惡夢……那個丈人下手有夠狠……」

邇邇藝命嘆了口氣。兩個月前，良彥曾為了稻子精靈稻本的差事，前往奉祀大山積神的大山祇神社。當時他雖然沒有直接見到大山積神，卻在上傳至網路的影片中看見祂故意現身的身影，所以良彥一直以為祂是個愛湊熱鬧的神明，看來事實並非如此。

「就算祢貴為天孫，當時畢竟還年輕，居然不領大山積神的情，也難怪祂生氣……對祂而言，兩個女兒一樣可愛。」

與大山積神相識的黃金啼笑皆非地說道。懼怕須佐之男命的大國主神也是這副德行，莫非神明註定與岳父處不來？

「啊，再說，祢做的事不只這一件。」

良彥又想起另一件荒唐事蹟，望著邇邇藝命。

「木花之佐久夜毘賣懷孕的時候，祢還說那不是祢的孩子，是其他男人的。」

邇邇藝命對於共度一宵妻子便懷孕之事感到懷疑，不承認那是自己的孩子，因此木花之佐久夜毘賣不得不在放了火的產房裡生子，以證明那是神明的孩子。熊熊燃燒的火焰，想必正好反映木花之佐久夜毘賣的心境。

「那、那是一時口、口不擇言！一夜便受孕，一定會有人懷疑，所以我才主動提出這個疑問……因、因為大家都說懷孕是很敏感的問題，幾乎不可能一次就懷上！」

「就算是這樣，可能性又不是零，不必完全否定吧……」

良彥五味雜陳地看著慌忙找藉口的邇邇藝命。他似乎可以明白為何現代會有ＤＮＡ鑑定了。人類的本性從神代以來一直沒有改變。

「我、我也覺得自己說得太過分一點……因為這個緣故，內人生完孩子以後一直很冷淡……現在祂跑去富士山，幾乎不回來了……」

「天孫居然和老婆分居……」

良彥有些同情地喃喃說道。神明夫妻因為感情不睦而分居，簡直就是三姑六婆茶餘飯後的話題。不過，站在妻子的立場，這似乎是理所當然的結果。相較之下，雖然吵吵鬧鬧卻仍一起生活的大國主神和須勢理毘賣，或許要來得恩愛許多。

「良彥，身為凡人，也許你有不少意見，但現在還是先完成你身為差使的職責吧。如同邇邇藝命所言，重提舊事於事無補。」

黃金豎起耳朵提出忠告。的確，一直吐嘈這些事，話題不會有進展。

良彥收拾心緒，清了清喉嚨，轉向邇邇藝命。

「如果祢有差事要吩咐，請說！」

良彥心想，若是想跟木花之佐久夜毘賣道歉或是帶祂回來之類的差事，自己能夠勝任嗎？搞不好在網路上留言，祂反而更能得到毒辣精確的建議。

「差事啊……差使前來，代表連大神都在擔心我……」

邇邇藝命望著在神木前拍照留念的香客，嘆了口氣。接著，祂慢慢從懷中拿出一張面具。那不是廟會攤位上常見的那種便宜貨，而是小巧典雅的木雕面具。

「這是從前我的隨從替我雕刻的神面，用來安慰和內人處不好、落寞沮喪的我。」

良彥接過祂遞出的神面，仔細端詳這張比想像中更重的面具。神面的大小剛好可以遮住邇邇藝命的臉，表面已經變成了亮褐色，眼睛瞪得老大，鼻子和天狗一樣長，嘴角上揚，宛若在笑，牙齒顆顆分明，雕刻得極為精巧。

「喔，聽說南九州有面具信仰，莫非這就是起源？」

黃金伸長後腳，窺探良彥手中的神面。良彥把神面朝下，好方便黃金觀看。

「有這種信仰啊？」

「只不過比起神道，和技藝或民間信仰的關聯性更大。」

黃金湊過鼻頭，確認神面，心滿意足地搖了搖尾巴。良彥也再次確認神面。神面的表情栩栩如生，彷彿隨時可能開口說話。

「我不知道這是不是面具信仰的起源，不過它前陣子還會說話。」

聞言，良彥抬起頭來。

「誰會說話？」

「神面。」

「這個會說話？」

良彥險些把神面掉在地上，連忙使勁拿好。沒想到這張面具居然真的會說話，神明的物品果然不同凡響。

「它會給我各種建議，是個可靠的好夥伴。只可惜自從幾十年前以來，它就不再開口說話了，八成是製作者伊斯許理度賣命的力量衰退之故。我本來想請祂再做一張一樣的給我，不過，在這個狀況之下應該很難。」

「祢是天孫耶，不能隨手修好它嗎？」

良彥沒聽過伊斯許理度賣命這尊神明，不過邇邇藝命貴為天孫，力量應該比較強吧？

邇邇藝命從良彥手中接過神面，輕撫它的表面。

「是啊。若是從前，或許可以靠我的力量修復。然而，現在的我同樣無法抗拒時代的潮流，束手無策。這是我的聊天良伴……」

邇邇藝命半是嘆息地喃喃說道，良彥靜靜地凝視著祂。與妻子分居，獨自住在這座寬敞的神社裡，或許對祂而言，這張神面是遠比良彥想像更為重大的心靈支柱。

「差使，能否請你設法再次賦予這張面具言語？」

邇邇藝命用細長的雙眼望著良彥。

「……換句話說，祢要我讓它再次開口說話？」

良彥苦著臉凝視這張看來平凡無奇的木製面具。

「沒錯，請替我找回這張面具的聲音。」

漆成紅色的拜殿彼端，八月的藍天延伸於本殿和濃綠色山巒的上方。無視於在藍天之下皺起眉頭的良彥，郵差包裡的宣之言書散發出受理差事的光芒。

⛩

「別接邇邇藝命的差事？」

造訪邇邇藝命的神社之後，良彥為了吃午餐，再度回到餐飲店林立的巴士乘車處附近，卻接到穗乃香的來電。剛才良彥只顧著和邇邇藝命說話，沒發現穗乃香已傳了好幾封簡訊。

「咦？等等，什麼？什麼意思？」

聽聞穗乃香告知的事項，良彥忍不住停下腳步。興高采烈走在前方尋找餐飲店的黃金，訝異地回過頭來。

『對不起，我也不太明白……如果差事和神面有關的話……不必理會……』

話筒彼端的穗乃香聲音變得比平時更為細小，結結巴巴。

『木花之佐久夜毘賣要我這麼轉告差使……』

「確定是木花之佐久夜毘賣沒錯嗎？」

『……應該沒錯……』

良彥跑到空無一人的巴士乘車處屋簷下躲陽光。大型遊覽車開進了對面的藝品店。

「這麼說來，木花之佐久夜毘賣特地在妳面前現身？」

暑氣和些微的睡眠不足，使得良彥的腦袋無法順利運轉。他詢問這個問題，整理事情的脈絡，而穗乃香回答：

『啊，對，我現在人在宮崎的阿姨家……附近有奉祀木花之佐久夜毘賣的神社，以及和祂淵源很深的場所……』

「咦？妳現在人在宮崎？」

良彥聽穗乃香提過她在親戚家，沒想到是在宮崎。他在腦中攤開地圖，只知道兩地同樣位於九州，但是和鹿兒島之間的距離有多遠，他不清楚。

『……祂細數了許多……呃……對丈夫邇邇藝命的不滿……所以應該是祂沒錯……』

細數了許多不滿——良彥敏感地察覺這句話中包藏的危險性，忍不住打了個冷顫。在他家客廳裡手拿啤酒吐苦水的須勢理毘賣身影，閃過他的腦海。

『我想良彥先生可能還在路上，不知什麼時候聯絡比較好……對不起，我太晚聯絡……』

根據穗乃香所言，她是在今天早上遇見木花之佐久夜毘賣。由於內情複雜，她大概是認為親口說明詳情比傳簡訊來得好吧。

「那木花之佐久夜毘賣為什麼要我別接下差事？」

良彥往巴士站牌邊的長椅坐下，混凝土吸收的盛夏熱氣隔著牛仔褲傳到腿上。穗乃香揀選言詞，說明今早發生的事。

「外子交辦的差事是什麼，我不用想也知道，八成是要拜託差使設法讓那張神面再次說話。可是，我必須阻止祂。」

今早於小河邊相遇的木花之佐久夜毘賣，用宛若春風般清爽怡人的聲音如此告訴穗乃香。

「……為什麼？」

穗乃香的腦袋一陣混亂，但是語氣依舊淡然。她從未聽過神明要求差使別接下差事，更何況是差事神的妻子親自上門要求。

木花之佐久夜毘賣微微地嘆了口氣，視線垂落到潺潺流水之上。

「……爾應該也知道我夫君薄情寡義的行徑吧？」

木花之佐久夜毘賣輕輕垂下雙眼，令人聯想到盛開櫻花的美麗身影，讓穗乃香望而出神。祂的美和擁有懾人魄力的須勢理毘賣不同，是種端莊典雅的美。

「成親之前，外子溫文爾雅，無論談論天氣或花卉，眼神都細膩入微。和祂談天說地，是我最安適的時光……」

木花之佐久夜毘賣回憶當年，雙眼低垂。

「但是親事一定下來，祂居然嫌棄我溫柔的姊姊相貌醜陋，將祂送回娘家……非但如此，待我懷上孩子，竟然說那不是自己的種……」

女神用衣袖掩嘴，痛苦地閉上眼睛。

「爾可知道當時我有多麼痛苦？祂口口聲聲說愛我，而我相信祂才委身於祂，沒想到祂居然如此對待我！說得好像我和許多男人有染！……現在回想起來，我依然痛徹心腑……」

木花之佐久夜毘賣抖動柔弱的肩膀蹲了下來，穗乃香困惑地走向祂。一接近祂，就有股淡淡的花香傳來。

「被信任的人背叛有多麼痛苦……宛若純潔無瑕的花朵在瞬間凋零一般悽慘……同為女人的爾應該也能夠了解……」

聽了這句話，穗乃香的胸口竄過一陣鈍痛。雖然她沒有小孩，但是可以想像得出，愛的結晶被丈夫質疑，受到的傷害有多麼深。孩子是誰的，女人再清楚不過了。眼前的女神專程前來求助於自己，更是讓穗乃香倍感同情。

「平安生下孩子之後，外子只是藉口連篇，完全不曾向我道歉。我希望祂能夠獨自冷靜一下，便離開神社，移居富士山。可是，祂只顧著和神面說話，絲毫沒有反省之色……」

木花之佐久夜毘賣輕輕擦拭眼角滲出的淚水，並用溼潤的眼眸望著穗乃香。

「如果現在讓神面復原，外子永遠不會反省自己。祂若不靜下心來懺悔懷疑骨肉之事，我絕不善罷干休。」

花香中的冰冷聲音讓穗乃香下意識地倒抽一口氣。

「祂該受到懲罰，體驗被妻兒拋棄的孤獨滋味。」

三

「祢居然沒道歉……？」

結果，良彥連午餐也沒吃便折回神社，並依照穗乃香所言，向邇邇藝命轉述祂妻子的憤怒。連「該受到懲罰」這種話都說出來了，恨意想必很深吧。或許木花之佐久夜毘賣正是因為不想見到丈夫，才選擇前往宮崎，在穗乃香面前現身，請她代為轉達。由此可見邇邇藝命有多麼惹祂生氣。

「……這個嘛，我不記得了……」

拜殿左側，四下無人的舊參道上，邇邇藝命戴上神面掩飾心虛，並企圖逃走。良彥抓住祂的衣服，使勁將祂拉回來。

「什麼叫不記得？就是因為祢沒道歉，祂才懷恨在心！」

「妻子居然跑來忠告差使別接下差事，這種情況可說是前所未聞啊……」

黃金因為沒吃到午餐而略微不快，在良彥的腳邊抽了抽鼻子。

「我、我也想過是否該道歉！但神面說不用了，就算道歉也無法改變過去。所以我才……」

「總歸一句，祢沒有道歉，對吧？」

良彥逼問，邇邇藝命以沉默代替肯定。

「唉，如果祢完全沒錯倒也罷了，既然覺得自己有錯，就該快點道歉啊。神面說了什麼我不知道，祢幹什麼任它擺布啊？祢是神明耶！」

舊參道的石階上布滿青苔，一不小心就會滑倒。良彥抓著邇邇藝命的衣服，壓低聲音說話。然而，邇邇藝命也不甘示弱地脫下面具，直直承受良彥的視線。

「神、神面是我最重視的夥伴！它講話雖然有點惡毒，但是有事只要和它商量，它都會給我精確的答案，在我難過的時候也會鼓勵我！只要照著神面所說的去做，鐵定錯不了！我不是任它擺布，是信任它！」

聽了這番話，良彥覺得怪怪的，忍不住皺起眉頭。邇邇藝命乘隙甩開良彥的手。

「佐久夜跑去富士山，我猶豫該不該接祂回來的時候也問過神面。神面叫我暫緩，我才照做的。這套衣服也一樣，神面說很有男子氣概，可以增加神明的威嚴，我才穿的！」

邇邇藝命抓著自己的胸口，宛若在展示那身紅色單衣。

「神明聚會的日期也是依照神面的建議安排的，還有神饌的種類、日常用具，也都是神面替我出主意，我再交代凡人選購！一直以來都是這樣，而且事情都處理得很圓滿！差使憑什麼置喙！」

從葉縫灑下的陽光在祂的肩膀上閃動。

「再說，差使是來辦理我交代的差事吧？既然如此，何必理會佐久夜的意見？」

聞言，良彥猛省過來，眨了眨眼。經祂這麼一說，確實如此。差使的職責是辦理於宣之言書浮現名字的神明所交辦的差事，並非當神明夫妻倆的和事佬，更沒義務採納局外人的意見。

黃金用黃綠色眼眸仰望沉默的良彥。邇邇藝命整理凌亂的衣服，收拾心緒，吐了口氣。

「總之我交辦的差事就是讓這張神面再次說話，但願差使能善盡自己的職責。」

說完，邇邇藝命快步跑下石階。

⛩

從邇邇藝命坐鎮的神社搭乘普通電車，大約需要兩個小時才能抵達宮崎。單程近兩千圓的交通費雖然令良彥心疼，但他不能完全不理會木花之佐久夜毘賣，畢竟其中還夾了個穗乃香。無論他打算採取什麼行動，都得先和木花之佐久夜毘賣好好談談。

「祢不覺得很奇怪嗎？」

良彥對坐在鄰座上享用巧克力點心的黃金說道。

他們搭乘的車廂相對較新，使用天然木材製成的座椅相當罕見。不過，乘客並不多，每個小時只有幾班車行駛。

「說奇怪倒也不至於，只是前陣子吃的『溝底靶』比較好吃。」

「我不是說巧克力，是說邇邇藝命。」

良彥一臉不快地訂正，嘆了口氣。

「祂對神面的依賴程度，未免太過異常了吧？從夫婦關係到身上穿戴的衣物，全都言聽計從。那個神面不是伊斯什麼的神明，為了替邇邇藝命排遣寂寞而雕刻的嗎？又不是從高天原帶來的，或是天照太御神送給祂的，幹什麼乖乖任它擺布啊？」

良彥看著車窗。電車在住宅區中前進，農田和空地不時映入眼簾。射到對面座位上的陽光，把座椅照得白晃晃的。

「或許祂是不得不聽從。」

黃金舔舐嘴邊的巧克力，瞥了良彥一眼。

「不得不任面具擺布？這是什麼狀況……」

說到這兒，良彥靈光一閃。

「……難道是力量衰退的緣故？」

只不過是張木製面具，天孫邇邇藝命豈有不敵的道理？然而，若考量到祂的力量逐漸衰退，這就很難說了。過去良彥見過好幾尊失去原有力量、記憶變得模糊不清的神明。

「不過，木花之佐久夜毘賣是在垂仁天皇時期移居富士山的，當時邇邇藝命的力量應該尚未衰退。祂對神面言聽計從，可能是力量顯著衰退的這近百年間的事。」

說到這兒，黃金微微歪了歪頭，視線垂落至地板上。

「比起這件事，那張神面會說話更讓我覺得奇怪。」

聽了這句意料之外的話語，良彥把視線移回身旁的狐神之上。

「神面不該說話嗎？」

「當然不是。不過，現在不再說話這很奇怪。如果神面從前是憑自己的意志說話，代表它被灌注了生命力。縱使製作者伊斯許理度賣命的力量衰退，也不至於因此變得不能言語。」

黃金帶著難以釋懷的表情仰望良彥。

「良彥，那張神面八成不是普通的面具。」

聽到這個不祥的宣告，良彥皺著眉頭回嘴：

「那是神明的物品，打從一開始我就不認為是普通的面具。」

不過，如果可以，良彥只想盡快解決問題。這也是為了自己的假期著想。

電車緩緩地北上。

⛩

抵達宮崎站後，又坐了一個小時的巴士，良彥來到目的地時，太陽已經西斜了。

「不，也不是要說服祢啦……我個人能夠理解祢的心情，祢生氣是理所當然的，我也明白祢為何希望祂受到懲罰……」

「我不會被差使說服的。」

良彥和穗乃香會合之後，一同前往今早遇見木花之佐久夜毘賣的小河，美麗的女神正佇立於更深處的小泉水邊。周圍逐漸變暗，只有祂的身影淡然浮現，更增添祂的神聖氣息。初次見面，良彥便因為祂的美麗而出神，令身後的穗乃香五味雜陳，只能悄悄地瞇起眼睛。

「邇邇藝命也有祂的想法，祢們能不能坐下來好好談談？」

周圍雖然有零星幾間民宅稀疏散布，但是來到田間小路盡頭的，只有良彥和穗乃香兩個人。良彥左思右想，決定先安撫木花之佐久夜毘賣。的確，站在差使辦理差事的立場，良彥不必顧慮木花之佐久夜毘賣，更不用徵求祂的許可。不過，如果可以，良彥希望能夠圓滿達成差事。要是這件事讓天孫夫婦之間產生決定性的裂痕，身為凡人的他可擔待不起。話說回來，或許裂痕早就已經存在了。

「如果外子想和我談，應該親自來這裡。只有差使獨自前來，不正代表祂並無此意嗎？」

女神雖然擁有引人注目的美貌與溫柔的氛圍，說起話來卻是一針見血。良彥閉上嘴巴，不知是否該把邇邇藝命的言行照實說出來。祂似乎惦記著木花之佐久夜毘賣，但要論祂是否有意道歉或希望木花之佐久夜毘賣回來的強烈意願，良彥可不敢斷定。

「……至少說聲對不起，情況或許就不同了……」

良彥身邊的穗乃香對他投以透明的視線。雖然一方是神、一方是人，但同樣身為女性，穗乃香對女神的同情或許更勝於良彥。夾在木花之佐久夜毘賣與穗乃香之間的良彥尷尬地抓抓頭，狀況比他想像的更為不利。

「不過，木花之佐久夜毘賣，差使的職責是完成差事神的差事。無論祢如何反對，最終還是取決於差使的意志。如果祢想用強硬的手段阻止他，大神可不會默不作聲。祢對差使、他的家人和天眼女娃兒所做的任何干涉，也會被嚴加追究。」

黃金在暮色之中閃動著黃綠色眼眸，望著木花之佐久夜毘賣。

「我明白。縱使神面復原，我也只是和現在一樣，繼續在富士山麓生活而已……我大概永遠不會回到外子身邊了。」

木花之佐久夜毘賣宛若刻意做樣子給黃金看，格外加重「永遠」兩字，並一臉悲傷地用衣袖掩面。良彥感受到一股莫名的壓力，嘴角不禁抽搐。從祂不直接找自己談判，而是介由穗乃香這一點，同樣可看出這尊女神的手段很高明。

「可、可是，不讓神面復原，對邇邇藝命而言真的有那麼大的懲罰效果嗎？祂的確對神面言聽計從，但這或許是祂的力量衰退之故啊。」

聽了良彥勉強擠出的說詞，木花之佐久夜毘賣放下衣袖，露出訝異的表情。

「對神面言聽計從……？」

「祂自己是這麼說的。祂說無論是身上穿的衣服、聚會的日期或是凡人進獻的神饌，全都是由神面決定……」

聞言，木花之佐久夜毘賣面露苦笑，搖了搖頭。

「怎麼可能……外子是個固執己見的人，豈會聽從神面的擺布？」

「不，可是，祂真的穿著神面叫祂穿的奇裝異服……很花俏的那種……」

說到這兒，良彥又把視線移到女神身上。

「這麼說來，祢並不知道邇邇藝命的近況？」

良彥詢問，木花之佐久夜毘賣略微尷尬地撇開視線。

「因為……我已經很久沒回那座神社……我還在的時候，祂只是和神面聊些無關緊要的話題而已……」

良彥和黃金互看一眼。邇邇藝命果然是力量衰退之後，才開始對神面言聽計從。

「聽說那張神面是伊斯許理度賣命為了安慰邇邇藝命製作的，起先只是單純的面具吧？」

良彥確認似地問道。木花之佐久夜毘賣回憶當時，垂下眼睛。

「對，是受外子所託，抱著好玩的心態做的……不過，我不怪伊斯許理度賣命。祂夾在我和外子之間，應該很為難……」

想起過去的痛苦，木花之佐久夜毘賣的整張臉都皺起來。祂嘆了口氣，一道金沙般的光芒乘著祂吐出的氣息，在暮色中一閃而逝。

「聽說那張面具是一面鏡子。乍看之下像是木製的面具，其實是反射邇邇藝命力量說話的鏡子。」

「鏡子……？」

得知神面出人意表的底細，良彥不禁皺起眉頭。

「這麼說來，現在神面不再說話，是因為邇邇藝命的力量衰退之故……？」

在神社談話時，邇邇藝命完全沒提到這件事。祂既沒說神面其實是面鏡子，也沒說那是以自己的力量為動力。

「……看來邇邇藝命的記憶也變得模糊不清了。」

黃金嘆了口氣，喃喃說道。莫非邇邇藝命連自己稱為好夥伴的神面，究竟是什麼底細都記不得了嗎？

「我也不清楚是什麼機關。當時我已經和外子保持距離……」

木花之佐久夜毘賣垂眼看著腳邊湧出的泉水。在逐漸深沉的夜色中，水面匯集些微的光線加以反射。清澈的水流似乎是注入前方的池塘裡，如果不仔細看，根本看不見。女神帶著心酸的表情望著水面，接著又收拾心緒，毅然地抬起頭來。

「……總之，我不贊成讓神面復原。這一點請差使謹記在心。」

說完這句話，木花之佐久夜毘賣便翩然背向良彥等人，如融化般消失無蹤。

⛩

與良彥等人道別之後，木花之佐久夜毘賣在遙遠上空望著踏上歸途的兩人一神，接著視線又緩緩地轉向南方。今晚的月亮尚未升上邊際透亮的天頂，木花之佐久夜毘賣的衣服隨著吹過上空的冷風搖盪躍動。

邇邇藝老爺，雲散了，藍天出現了，多麼心曠神怡啊！

木花之佐久夜毘賣的視線前方，被山脈隔絕的彼端，正是丈夫居住的霧島神社。孩子出世不久後，祂們便遷居到那兒，但當時祂們已經鮮少交談。

佐久夜，今天就去爾一直想去的海邊吧！那兒吹的風必然很舒爽。

是，邇邇藝老爺。

前陣子和爾看見的花苞應該已經開了，一併瞧瞧。

是，那我替老爺準備衣服。

回想懷孕之前、兩人還很恩愛的當年，木花之佐久夜毘賣委身於輕撫臉頰的風中。身為妻子，替丈夫打理日常生活、共同決定大小事，是莫大的樂趣。侍女們都說正室用不著做這些瑣事，但是能夠一起挑選丈夫的衣服，祂覺得很開心。

就穿和這片天空一樣的湖綠色衣服，如何？

爾選的一定不會錯。

老爺很適合淺色調。

是啊。對我來說，緋紅或朱紅色太花俏了。

說著，露出困擾笑容的丈夫至今仍時常出現在夢裡。

木花之佐久夜毘賣撇開視線，在晚風中吁了口氣。這些都已是不復返的往事，縱使祂再怎麼回憶，時光也不會倒流。

「我的心也已經和那時候不同了……」

木花之佐久夜毘賣靜靜地低語，又在原地眺望遠方的大海好一陣子。

⛩

送穗乃香回阿姨家的路上，良彥簡單地說明了邇邇藝命和神面的關係。

太陽已然完全下山，比白天稍冷幾分的微熱空氣包圍四周。白線斑駁的單線道上路燈稀疏，在偶爾經過的車燈照耀下，穗乃香的纖細身軀浮現於黑暗中。

「神面是好夥伴……」

「可是，就算是這樣，居然……沒為那件事道歉……我有點……不敢相信……」

良彥有些驚訝地凝視著難得出言責難的穗乃香。良彥也覺得邇邇藝命的行徑有點問題，但還不到如此義憤填膺的地步。看來男女的感受果然有別。

「不過，祂們夫妻倆的爭執和這回的差事沒有直接關聯，若是被祂們牽著鼻子走，到時累的可是你。」

走在兩人前頭的黃金微微回頭忠告。穗乃香張開嘴巴，似乎想說話，最後還是不發一語地低下頭。

「嗯……是啊……」

良彥盤起手臂沉吟。木花之佐久夜毘賣說祂永遠不會再回丈夫身邊，就算如此，那對現在的凡間也不會有任何影響，只有良彥會覺得良心不安而已。

「那麼，木花之佐久夜毘賣的事呢……？」

穗乃香仰望良彥，綁成一束的頭髮隨之搖曳。

「難道完全不管了嗎……？」

這句話似乎深深刺入心頭，良彥下意識地摀住胸口。她的話語比任何人都更能撼動良彥。

「不，我也想幫祂的忙，可是邇邇藝命好像無意道歉……就算要祂們好好談談，邇邇藝命八成會全力拒絕……」

良彥不知該如何是好，嘆了口氣。看來他是該盡力遊說，不過身為差使，究竟該說服哪一方才是正確的？該叫妻子死心？還是叫丈夫道歉？

「若是神面叫祂道歉，事情就好辦多了。」

黃金挖苦道，尾巴在夜色中隨意搖晃。良彥放慢步調，配合容易落後的穗乃香行走。

「……祂說……當祂的骨肉被懷疑時，祂真的痛徹心腑……」

不久後，穗乃香喃喃說道：

「幾千年來，祂一直懷抱著這種感情……」

小路與大道交會，走了一會兒，良彥等人來到石造鳥居所在的交叉路口。穗乃香停下腳步，望著一路延伸至鳥居前方的道路。

「都萬神社啊？」

黃金喃喃說道。聞言，良彥歪了歪頭。

「都萬神社？」

「奉祀木花之佐久夜毘賣的神社。這一帶有許多和那對夫婦有關的歷史遺跡。」

良彥凝視著沉沒於暮色的道路前方，懷想鳥居彼端的神社。邇邇藝命坐鎮的霧島神社裡也有奉祀木花之佐久夜毘賣的相殿，而位於鄰縣的這裡也有神社，但是聽說祂鮮少來此。良彥再次臆度祂的心境。與差事無關便置之不理，真的是正確的做法嗎？

「良彥先生……這是頭一次……」

穗乃香仰望著良彥，轉動視線，像是在搜索言詞。

「有泣澤女神以外的神明向我求助……」

她的細語聲乘著溫熱的晚風傳到良彥的胸中。

「當然，我知道不能妨礙差事，可是……」

良彥有些驚訝地凝視努力訴說的穗乃香。

「我想盡力……幫祂的忙……」

或許這是不知該如何處置天眼能力的少女，繼送花給泣澤女神、主動幫助良彥之後，再度踏出一步的瞬間。

她的眼神在認定只能二選一的良彥心中，吹起一股醒神的涼風。

「……對喔，不是取捨哪一方的問題……」

良彥感受著在身旁仰望自己的穗乃香，恍然大悟地說道：

「而是差使能否接受的問題。」

既然如此，他只能全力以赴，直到能斷言自己已經竭盡所能、問心無愧為止。

「良彥先生……」

穗乃香似乎鬆了口氣，嘴角露出笑意。黃金啼笑皆非地長嘆一聲，但是並未責備良彥。

「我會再去找邇邇藝命一次，試著說服祂。」

看祂的樣子，應該不容易說服。但仔細一想，今天他們才剛見面，幾千年的芥蒂怎麼可能如此輕易消除？

「呃、呃……其實……有件事我一直覺得很奇怪，但不知道有沒有幫助……」

穗乃香先如此聲明，才又揀選言詞說道：

「木花之佐久夜毘賣真的希望邇邇藝命受到孤獨……的懲罰嗎……」

聽了這句意外的話語，良彥瞪大眼睛。木花之佐久夜毘賣明明語帶威脅地向良彥表明絕不容許神面復原，穗乃香為何會這麼想？

「可是，木花之佐久夜毘賣不就是希望祂受到懲罰，才先後向我們提出忠告的嗎……」

在逐漸變濃的夜色中，穗乃香的雙眸依然清澈，令良彥下意識地倒抽一口氣。

「我本來也是這麼想……」

穗乃香再度仰望石造鳥居，如此說道。

⛩

神面，今天天氣很好。

天氣這麼悶熱，木紋都變糊了。

你看，那邊的梅花開得多漂亮啊！

不就是隨處可見的梅花嗎？

風和日麗，我想去高千穗峰一趟，你覺得如何？

這個主意不錯。

還是去拜訪火遠理的神社？

去高千穗峰比較好。

是嗎……我已經很久沒和火遠理見面了，不過既然你這麼說，就這麼辦吧！

「……既然你這麼說……就這麼辦吧……」

邇邇藝命感受著周圍的山脈降下的冷氣，佇立於無人的境內。

黑夜支配了天空，白銀的沙子染上漆黑的色彩。邇邇藝命垂眼看著手上的神面，輕撫浮現於星光中的細膩表情。

祂還記得，那是在妻子剛生產完後的事。為了證明自己懷的是天孫的骨肉，妻子在放了火的產房裡生下三胞胎。見到如此壯烈的覺悟，祂不知該如何面對妻子。一想到在高天原那段有朋友、父母兄弟環繞身旁的日子，祂變得越來越孤獨。在這樣的狀況下，祂懇求伊斯許理度賣命替祂製作了這張面具。

「神面……明天我該穿什麼？下回的神事該挑選哪個神官？今年該賜給凡人多少收

成……」

邇邇藝命用嘶啞的聲音詢問沒有回答的木雕面具。

「……我該怎麼跟佐久夜道歉……」

邇邇藝命再度提出祂從前也曾問過神面的問題。白天差使要祂道歉之事，莫名其妙地堵在心頭。

無論如何掙扎，過去都不會改變。

神面確實是如此回答的，因此，邇邇藝命一直遵從它的看法。

「……是啊，你不會說假話。」

邇邇藝命鬆了口氣，仰望星光閃爍的天空。然而，祂的內心深處冒出一個問號。

如果現在神面再次說話，可會給祂同樣的答案？

⛩

送穗乃香回阿姨家後，良彥搭上前往宮崎站的巴士，並在車站附近的旅館辦理入住手續。

說來遺憾，即使立刻返回邇邇藝命的神社，但駛向距離神社最近站牌的巴士已經不開了，而且周圍沒有地方可住宿。既然如此，投宿於此、等到早上再動身，才是明智的抉擇。

「你想出解決差事的方法了嗎？」

雖然時值暑假期間，但畢竟是平日，良彥要住的又是低樓層的單人房，因此即使臨時投宿，旅館仍然有房間。辦理入住手續之後，良彥前往附近的家庭餐廳吃飯，回來時已經接近晚上九點。

「如果這麼容易想得出來，就不必辛苦了……」

黃金從上方俯視躺在床上的良彥，而良彥半是嘆息地如此回答。打從剛才起，良彥便在閱讀他帶來的文庫版《古事記》，但任憑他再怎麼努力尋找，都找不到邇邇藝命對木花之佐久夜毘賣做了任何補償的記述。不知道《日本書紀》或其他文獻可有描寫祂們夫婦後來的情況？

「哎，不過，我總算知道製作那張神面的伊斯什麼神是五伴緒之一了。」

良彥翻回記載這段故事的那一頁，再度瀏覽內文。所謂的五伴緒，指的是陪同邇邇藝命一起從高天原下凡的眾神，大主神社的主祭神天兒屋命似乎也是其中一尊。或許正因為是一同下凡至葦原中國的夥伴，所以邇邇藝命才敢開口拜託祂製作神面。

「祂是作鏡連的始祖……換句話說，就是以製鏡為業的神明……喔，所以才做出鏡子。」

既然是雕刻神面，良彥本來以為是和木匠、木製飾品或木雕有關的神明，現在看來並非如此。良彥想起木花之佐久夜毘賣的一番話，恍然大悟。

「不過，就算知道神面是鏡子，現狀也不會有任何改變。邇邇藝命交辦的差事是讓神面再次說話。如果神面是反射邇邇藝命的力量才能言語，現在祂的力量衰退，神面就不可能再次開口說話……」

黃金對苦著臉的良彥落井下石。

「你有辦法讓邇邇藝命恢復力量嗎？」

好不容易找到的希望輕易地破滅，良彥忍不住用頭抵著床鋪。黃金說得沒錯，要讓神面再次說話，必須幫助邇邇藝命恢復力量。想當然耳，良彥只是人類，根本辦不到。因此，這條線索完全無助於解決差事。

「再說，既然是鏡子，神面所說的話應該反映了邇邇藝命的想法。神面說不用道歉，代表邇邇藝命心裡並不想道歉。」

黃金從良彥的頭頂上啼笑皆非地說道，良彥一臉不快地望著那雙黃綠色眼眸。黃金說得針針見血，良彥根本無從反駁。倘若神面說的是邇邇藝命的肺腑之言，那祂絕不可能答應向木花之佐久夜毘賣賠罪。邇邇藝命指稱神面曾說「過去無法改變」，其實這正是祂的答案。

「結果又回到原點……」

良彥慢吞吞地撐起身子，在床緣重新坐好。

「既然這樣，不如向伊斯許理度賣命打聽看看？祂應該知道祂們夫婦倆當時的狀況，或許能給我什麼客觀的建議……」

「你要去無妨，但是伊斯許理度賣命可是在奈良啊。」

聞言，良彥面無表情地沉默下來。這是神明在捉弄他嗎？

「這也無可奈何。以伊斯許理度賣命為主祭神的神社大多位在岡山或關西，聽說祂現在的據點是奈良的某座神社。」

「不行不行不行！要我跑去奈良，再回到這裡來嗎？我只有回程的機票耶！換成平時，祢知道要花多少交通費嗎？」

雖說是廉價航空，單程也要五千圓，來回得花上一萬圓。更何況這是特價，平時的價格可是足足兩倍以上。良彥沒有頻繁往返這種距離的財力，更何況，前往宮崎的電車錢和巴士錢還沒算進去呢。

「這是你的問題，對方可管不著。」

「沒有其他辦法嗎？比如神明之間的心電感應之類的！」

「沒有。你要向祂打聽，只能登門拜訪。」

良彥恨恨地看著把頭轉向一旁的黃金側臉，沉吟起來。直接向伊斯許理度賣命打聽消息是最快的方法，但要為此跑一趟奈良，實在太傷荷包。良彥咬緊牙關思索，緩緩拿起充電中的智慧型手機。黃金窺探著通訊軟體啟動的畫面。

「你打算做什麼？」

「傳訊給一言主，問祂能不能聯絡伊斯許理度賣命。」

瞬間，黃金用前腳狠狠拍掉智慧型手機。

「居然叫神明代為傳話，豈有此理！」

「不然祢要我怎麼辦！去奈良的交通費，祢要幫我向大神請款嗎？不給津貼卻要我跑遍全日本，這是什麼血汗企業啊！」

「大神的安排不會有錯！是你設想得不夠周到！」

黃金開始發飆，良彥硬生生地將祂壓在床上，抓住祂的鼻口，黃金則用後腳狠狠踹他的手臂，並趁著他放鬆力道之際繞到他的背後。良彥透過鏡子確認，伸出手來想抓住黃金，但看見鏡中的自己之後，突然停下動作。

「……咦？」

黃金毛髮倒豎，一面提防忽然靜止的良彥一面後退。良彥爬下床，用右手掌心抵住鏡面。

透過掌心相連，另一個自己在鏡子彼端凝視著他，而後方映出的是掛在牆上的壁畫。經過設計的黑白英文字母擠在單行本大小的畫框中，鏡子反射出的文字全是左右相反的。

「……黃金，這麼一提，邇邇藝命說祂也想過是否該向木花之佐久夜毘賣道歉，對吧？」

而神面告訴祂不用道歉。

黃金察覺良彥的言下之意，隔著鏡子與他四目相交。沒錯，為何之前沒發覺？

神面是鏡子，暗藏這樣的機關是很合理的。

四

隔天，良彥搭乘七點前的電車前往邇邇藝命的神社，並於香客仍然稀少的上午十點多，在舊參道深處的杉林中找到祂。

「你終於要替我辦差事啦？」

空氣中參雜著腳下泥土地的涼意，佇立於樹林間的邇邇藝命一身紅衣，看起來格外異樣。

「那身衣服果然不適合祢。」

良彥打量著邇邇藝命，坦白說出自己的感想。這麼一提，上個月交辦差事的天道根命也很講究服裝，邇邇藝命的裝扮則有股有別於天道根命的空虛感。

「我不是說過了嗎？這是神面替我挑選的，可以增加神明的威嚴。」

邇邇藝命有些不耐煩地說道。然而，良彥立刻反駁：

「是嗎？我反倒覺得這樣看起來不像神明。我也看過許多適應現代服飾的神明穿著自己中意的服裝，但是祢不一樣。」

黃金在良彥後方坐下來，靜觀其變。

「祢真的覺得那套衣服好看嗎？真的覺得它適合天孫邇邇藝命？」

醒目的猩紅色單衣和女用腰帶——即使穿著它們的是一尊俊美的男神，看起來依舊毫無神明的風采。

「其實祢想穿的是其他服裝吧？」

面對剛見面便提出一連串問題的良彥，邇邇藝命困惑地搖曳視線。接著，祂無助地從懷中取出神面，細細撫摸它。

「你沒頭沒腦地說什麼……我、我是聽從神面的建議……」

良彥緩緩靠近頻頻眨眼的邇邇藝命。

「製作那張神面的是伊斯許理度賣命吧？祢還記得祂是製作鏡子的神明嗎？」

「當、當然，祂是和我一起從高天原下凡的五伴緒之一……我豈會忘記？」

「那祢還記得祂替祢製作神面那一天的情形嗎？」

「那一天……的情形？」

邇邇藝命一面反問一面眨眼。直到此時，祂才發現自己毫無印象。正確地說，是記憶十分薄弱，不足以形成明確的印象。製作神面的是伊斯許理度賣命這件事，祂記得一清二楚；但是當天的情形，祂卻完全想不起來。

「神面的機關呢？」

「機關……」

邇邇藝命答不上來，視線四處游移。祂覺得自己必須回答些什麼，拚命搜索記憶，收集浮現的話語。

「我只是……想排遣寂寞……希望有個玩具陪我說說話……」

邇邇藝命抖著聲音說道，隨即愕然地瞪大眼睛。

祂發現自己居然把如此倚重的神面稱為「玩具」。

「邇邇藝命，看來祢的記憶比祢所想的更為薄弱。」

黃金用黃綠色眼眸凝視著邇邇藝命，彷彿要將祂看穿。

「那張神面是以祢的力量做為開口說話的動力，伊斯許理度賣命就是這麼設計的。不過，最大的問題不在這裡。」

說到這兒，良彥暫且打住，望著邇邇藝命手上的神面。

「最大的問題是力量衰退的祢，居然誤把這個玩具當成好夥伴。」

聞言，邇邇藝命垂眼望著神面。

「誤把它當成好夥伴？」

良彥繞到邇邇藝命身後，把路上在超商買來的大號手拿鏡放到男神面前，又隔著邇邇藝命的肩膀，讓自己手上的《古事記》文庫本封面倒映在鏡子上。

「那張神面並非擁有意志的面具，只是一面普通的鏡子，故意唱反調的鏡子。」

鏡中映出的「白話版古事記」字樣，就和良彥在旅館看到的壁畫一樣，呈現左右反轉的狀態。目睹這一幕，邇邇藝命靜靜地倒抽一口氣。

「可、可是神面……提出很多意見給我……」

「那真的是意見嗎？其實只是因為它說的和祢心裡想的正好相反，所以祢才採納吧？這樣比較安心。」

良彥闔上鏡子，吐了口氣。

「畢竟祢曾經因為口無遮攔地說出自己的意見，而把事情搞砸了。」

懷疑妻子腹中胎兒的那一天。

一切都是自那天長年累積而來的心病。

「所以祢才希望別人替祢拿主意。」

亮褐色的神面從目瞪口呆的邇邇藝命雙手，無聲地掉落。

其實自己一直很想道歉。

一直覺得必須為了傷害妻子而道歉。

可是，祂不知道該如何啟齒。如果又說錯話、惹妻子生氣，該怎麼辦？這樣的恐懼逐漸膨脹，隨著時間經過，越來越開不了口。

就在這時候，伊斯許理度賣命做了這張面具。

總是和自己唱反調的面具，遠比唯唯諾諾的玩具有趣多了。

神面，我是不是該向佐久夜道歉？

不，邇邇藝老爺，就算現在道歉，也改變不了過去。

可是，我還是該道歉吧？

不，邇邇藝老爺，祢無須道歉。

真的不必嗎？

當然，因為過去無法改變。

因為過去無法改變。

邇邇藝命虛脫無力地跪倒在地。

「……唱反調的鏡子？」

掉落在腐葉土上的神面，已不再是面具的形狀，化為一面圓形的銅鏡，模糊的鏡面鈍滯地反射光芒。

「我一直……在向這樣的東西請益？無論是佐久夜的事，或是自己的事，都以為……它說的是正確的……」

沒有前往富士山迎接妻子回家，以及選擇這件紅衣。

其實全都違背自己的心意。

「我、我長年以來，究竟在做什麼……」

緊握的拳頭抓住泥土。一切都是自己的軟弱招來的後果，但祂居然連這一點也沒發現，完全仰賴神面。即使在自己的力量衰退、神面不再說話之後亦然。

祂只是對著自己創造出來的方便幻想自言自語而已。

「……不過邇邇藝命，神面所說的『過去無法改變』，反過來說就是這樣——」

良彥在祂身旁蹲下，對祂說道：

「未來可以改變。」

如果神面說的全是反話……

邇邇藝老爺，現在道歉，未來就可以改變。

這是邇邇藝命一直期望的話語。祂希望有人說這句話來鼓勵自己付諸行動，可是聽到否定賠罪的說法，卻又略感安心。

沒錯，這樣就好，不必道歉。

神面都這麼說了——祂把所有責任全推給一個幼稚的玩具。

「未來……可以改變？」

邇邇藝命緩緩地抬起頭來，看著良彥。

「沒錯，這就是祢的期望。」

無論再怎麼後悔，過去都無法改變。

不過，未來可以。

「好，祢要怎麼做？要改變嗎？」

良彥站起來，對邇邇藝命伸出右手。

「改變祢的未來。」

邇邇藝命茫然地凝視著良彥的手。

不久後，祂下定決心，握住良彥的手。

⛩

同一天傍晚，穗乃香又獨自造訪那條小河。中午，良彥打電話通知她，將帶著邇邇藝命一同前往。穗乃香並不知道詳情，或許良彥已經說服了邇邇藝命。

前往小河前，穗乃香再度踏上昨天和母親等人一起漫步的「記紀之路」，並欣賞當時路過的各種歷史遺跡。邇邇藝命與木花之佐久夜毘賣生活的痕跡至今仍受到保護，並流傳下來。無論是兩神曾經共同生活的八尋殿，或是木花之佐久夜毘賣產子的無戶室。雖然這些地方現在已成了石碑與青草茂密的廣場，穗乃香還是忍不住遙想古代宅邸矗立其中的模樣，仰望上空。

木花之佐久夜毘賣曾說過，和溫文爾雅的天孫談論天氣或花卉，是祂最安適的時光。當時祂的表情閃過穗乃香的腦海。在這裡，天津神和國津神將彼此的血脈傳給子嗣。祂們本來該過著幸福的生活，祂們的婚姻本來該受到無上的祝福。

「木花之佐久夜毘賣夫人……」

在暮蟬開始鳴叫的時分，穗乃香抵達了小河，沿著流水前往深處的泉水邊。果不其然，女神正含憂帶愁地眺望著靜靜湧出的泉水。當祂察覺穗乃香到來，立刻用衣袖掩住臉龐，微微側過臉。祂看起來像在擦拭臉頰，不知是不是穗乃香多心？

「怎麼了？」

木花之佐久夜毘賣淡然問道，穗乃香略微遲疑地開口。她不知道並非差使的自己可否擅自行動，然而，縱使神人有別，這個問題還是該由同為女性的她開口。

「……有件事我想請教祢。」

穗乃香先如此聲明，慎重地搜索言詞。

「木花之佐久夜毘賣夫人，祢真正的心願是什麼？」

穗乃香的細小聲音融化在西橘東藍的天空裡，消失無蹤。

「……我的心願？」

木花之佐久夜毘賣把臉轉向穗乃香。祂依然用袖口掩著嘴巴，雙眼低垂。

「……我是走『記紀之路』來的……循著祢和邇邇藝命生活的痕跡……」

穗乃香換了口氣，繼續說道：

「……其實祢很想再次和祂一同生活吧？」

面對穗乃香這個問題，木花之佐久夜毘賣不發一語，只是把視線從穗乃香身上移開，神色絲毫未變。

是賭氣？是女神的自尊？

還是不為人知的女人心？

「如果不是，祢為什麼來這裡？」

穗乃香下意識地握緊雙手。木花之佐久夜毘賣為何沒找良彥，而是來找她？為何選擇這個地點？反覆思考之下，得出的答案只有一個。

穗乃香垂眼望著女神凝視的泉水。現在依然汩汩湧出的泉水，同樣是依神話命名的歷史遺跡之一。

「這條小河……逢初川……就是祢和邇邇藝命相識的地方吧……？」

從前，邇邇藝命愛上在這裡汲水的美麗女神，女神也為了自高天原下凡的高貴天孫怦然心動。祂們漫談天氣與在散步途中發現的花朵，一同歡笑，兩神的距離漸漸縮短。

「如果只是要找我，任何地方都可以……」

然而，祂現身的地點並非故居八尋殿，也不是產子的無戶室，更不是奉祀祂的神社，而是感情出現裂痕之前，青澀的兩神共處的這條逢初川。

走過「記紀之路」，穗乃香似乎明白木花之佐久夜毘賣懷著什麼心願現身此地，又是抱著什麼心思眺望泉水。

還有，祂對丈夫言不由衷的怨懟——

「佐久夜，她說的是真的嗎……？」

良彥帶著邇邇藝命到場時，木花之佐久夜毘賣正要開口對穗乃香說話。

「邇邇藝老爺……」

見了身穿紅衣的男神，木花之佐久夜毘賣微微睜大雙眼。

「祢真的想再次和我一起生活嗎？」

聞言，木花之佐久夜毘賣立刻橫眉豎目地反駁：

「祢在胡說什麼？剛才那番話只是天眼女娃兒的猜測。」

邇邇藝命碰了一鼻子灰。女神又繼續說道：

「事到如今，祢還來做什麼？還有，瞧祢那身奇裝異服……半點天孫的威嚴也沒有。」

「所以我不是叫祢換掉嗎？」

良彥嘀咕。他被迫不及待的邇邇藝命連拖帶拉地帶來此地。當時果然應該要求邇邇藝命先整理儀容。

「太好了，你們來了……」

穗乃香讓路給邇邇藝命，來到良彥身邊。縱使她擁有天眼，獨自與神明對峙，想必萬分緊張吧？良彥沒料到穗乃香居然會採取這番行動，或許是因為她是真心誠意地想幫忙。

「我不知道差使向祢灌輸了什麼，不過，神面的事我是不會讓步的。一旦差使讓神面復原，我就再也不回祢身邊。」

木花之佐久夜毘賣淡然說道，但是眼神依舊凌厲。

「聽我說，佐久夜……神面不會再回來了。它已經恢復原形，變成這副德行。」

邇邇藝命從懷中拿出神面化成的銅鏡。見狀，木花之佐久夜毘賣忍不住睜大眼睛。

「長年以來，我只顧著和這張神面說話。力量衰退之後，我忘了神面的機關，對它言聽計從。只要照著神面所說的去做，我就能夠推卸責任，說那不是我下的決定……」

邇邇藝命垂眼望著銅鏡，手指輕撫鏡面。

「……其實我一直很後悔。」

不久後，邇邇藝命喃喃說道：

「對祢說了那麼殘酷的話、沒有阻止祢離開……其實我一直很後悔……」

聞言，穗乃香一臉困惑地仰望良彥，良彥苦笑以對。先前良彥告訴她邇邇藝命似乎無意道歉，如今邇邇藝命的態度居然有這麼大的變化，也難怪她會驚訝。

「可是，我不知道該說什麼來表達歉意……一想到說不定又會惹祢生氣，我就什麼也說不出來。漸漸地，我開始藉由神面逃避……甚至不敢跟祢說話……」

木花之佐久夜毘賣垂眼聆聽這番話。分隔兩神的是從未枯涸過的逢初川。

「神面總是和我唱反調。我為了消弭自己的罪惡感，一再向神面詢問祢的事，並以『過去不能改變』的答案讓自己安心。不知幾時間，我居然忘了它有著『唱反調』的機關……」

暮蟬停止鳴叫，振翅飛往他處的聲音傳入耳中。

邇邇藝命把視線轉向眼前的美麗妻子。

「我對神面那麼言聽計從，如今才想回過頭來求取祢的原諒，或許是我痴心妄想。可是，佐久夜，如果可以，我希望能和祢重新一同生活……」

丈夫說出了長年以來一直難以啟齒的心底話。

「對不起，佐久夜……」

木花之佐久夜毘賣筆直凝視丈夫片刻，彷彿在確認這番話的真假。不久後，祂微微地嘆口氣，撇開臉。

「……祢果然完全不明白。」

木花之佐久夜毘賣悲傷地喃喃說道。聽了這句話，良彥皺起眉頭。邇邇藝命都這麼誠心誠意地道歉了，還不夠嗎？又或是邇邇藝命還幹了什麼良彥不知道的好事？

「……不明白？」

良彥喃喃說道，整理混亂的腦袋。

「木花之佐久夜毘賣仍在神社的時候，邇邇藝命只把神面當成玩具，並沒聽它擺布……祂對神面言聽計從，是在力量衰退之後……」

良彥盤起手臂沉吟。木花之佐久夜毘賣對邇邇藝命要求的究竟是什麼？邇邇藝命已經為了懷疑親骨肉及沒有阻止妻子離開之事道歉，但是，木花之佐久夜毘賣卻說祂「不明白」，原因是什麼？

「……不對。」

穗乃香說道，聲音雖然很小，語氣卻極為果斷。良彥驚訝地望著她。

「祂不是氣這些事！」

穗乃香仰望良彥如此訴說，並搖了搖頭。

木花之佐久夜毘賣依然心有不甘是事實。被質疑腹中胎兒是別人的種，不得不在熊熊燃燒的產房裡產子，至今仍為此懷恨在心，也是祂的真心話。不過，祂其實另有隱瞞。祂希望邇邇藝命道歉是真的。祂移居別處，一直在等待邇邇藝命向祂賠罪。然而，祂真正期望的是道歉之後的事。

「聊聊天氣……當天開的花……今天想去哪裡……穿哪件衣服……祂只是希望能和一般夫妻一樣，跟丈夫閒話家常而已……」

就像剛在這裡相識的那陣子。

聞言，木花之佐久夜毘賣淚溼了眼眶，用衣袖摀住臉龐。

「閒話……家常……」

邇邇藝命呆然重複這句話。祂八成以為妻子只是責怪祂沒有道歉，才離家出走。

「……所以，祂才那麼不希望神面復原……」

良彥恍然大悟，喃喃說道。木花之佐久夜毘賣說要讓邇邇藝命接受孤獨的懲罰，是因為邇邇藝命不但不道歉，還把祂晾在一旁，自顧自地和神面說話。其中包含了祂對邇邇藝命的憎恨，也包含了祂對神面的嫉妒。

「……祢懷疑我腹中的胎兒不是祢的種，說了那些絕情的話。不過，當我在熊熊燃燒的產房裡平安生下孩子，而祢也承認孩子的確是祢的之後，我的氣就消了一半……」

木花之佐久夜毘賣半掩著臉，緩緩地開口說道。

「可是，祢卻避著我，只顧著和神面說話，完全把我當空氣。就算只是些雞毛蒜皮的小事，祢也拿去問神面，笑得樂不可支，看起來比和我在一起時……還要開心……」

「不是的，佐久夜，那是——」

邇邇藝命打斷妻子的話，加以否認。

「是我……沒有面對祢的勇氣，才強顏歡笑……」

後來，木花之佐久夜毘賣忍無可忍，搬到富士山。邇邇藝命不敢阻止妻子，只能從神面的話語中尋求慰藉，欺騙自己，最後甚至誤以為神面說的都是正確的。無法修復的裂痕讓兩神漸行漸遠。

「……如果只是用來搭配倒也罷了，那種顏色的單衣根本不適合祢。」

不久後，木花之佐久夜毘賣如此喃喃說道。

「祢不是說過紅色太花俏，祢不喜歡嗎？」

在逐漸轉暗的天空中，星星開始發光。邇邇藝命重新審視自己身上的衣服，困擾地笑了。

「不是祢選的，穿起來總覺得不對勁。」

雖然過去無法改變，但是未來可以改變。

分歧點想必就是現在這一瞬間。

邇邇藝命隔著從泉水流出的小河，向對岸的妻子伸出手。

「我們能不能重新來過？從這個地方開始。」

木花之佐久夜毘賣凝視著從前也曾如此相邀的手。不久後，祂垂下眼睛，撇開視線。

「不行。」

祂清清楚楚說出這句簡短的話語。

「我沒打算搬離富士山。」

「怎麼會……」

邇邇藝命愕然地瞪大眼睛，緩緩放下無處可去的手。面對這種令人心痛的狀況，良彥張開嘴巴想說些什麼，但是同一瞬間，木花之佐久夜毘賣再度凝視著眼前的丈夫。

「——不過，一個月來這裡見幾次面，倒還可以……」

聽了這句話，邇邇藝命心急地詢問：

「其餘的時間，我都見不到自己的妻子嗎？」

木花之佐久夜毘賣猛然撇開臉，嘆了口氣，隨即又吶吶地說：

「……如果祢不滿意，大可來看我啊！」

祂抬眼輕輕瞪著丈夫，活像個可愛的少女在嬌嗔。

「祢知道我等了多久嗎？」

良彥摀住竊笑的嘴。聽見丈夫詢問願不願意從頭來過，卻不肯坦率點頭這一點，的確很符合這尊女神的風格。終究無法棄丈夫於不顧這一點亦然。

「……是啊，對不起。」

愣在原地的邇邇藝命露出淚中帶笑的表情，點點頭答道。

「這回換我去找祢。」

說著，祂再度伸出右手。

妻子露出百感交集的微笑，輕輕握住丈夫的手。

开

「良彥，這可是個大問題啊。」

順利獲得邇邇藝命的朱印，在送穗乃香回去的路上，黃金對良彥投以糾纏的視線。

「這是你升任正式差使之後的頭一件差事，但是天眼女娃兒出的力居然比你更多！」

良彥等人走在留有白天熱氣的溫熱空氣之中。從民宅流瀉出來的燈光，照耀著黃金的金色毛皮。

「沒、沒這回事！是我擅自行動……對不起。」

良彥身旁的穗乃香縮著身子，一臉惶恐。良彥莫名冷靜地望著她這副模樣。

「穗乃香，妳真的改變很多耶，從前妳的話沒這麼多。」

剛認識時，穗乃香給人一種宛若機械般的無機質印象，但最近不光是話變多，表情也變多了。今天良彥事先通知穗乃香自己將帶著邇邇藝命前往，而她不但試著在良彥他們抵達前問出木花之佐久夜毘賣的真心話，還率先察覺祂真正的心願，可說是出奇地活躍。

「現在是感嘆的時候嗎？你才是差使啊！」

黃金凶巴巴地反駁，良彥悻悻然地皺起眉頭。

「此言差矣，我也出了很多力啊！哎，反正夫妻倆和好了，差事也解決了，祢就別在雞蛋裡挑骨頭啦！」

這回穗乃香幫了大忙這一點，良彥沒有異議；但要因此把他的努力一筆勾銷，他可不能接受。別的不說，良彥可是犧牲暑假，花了整整兩天的時間才辦妥差事。他不要求黃金誇讚他，但至少別說他無能。

「良彥先生，你什麼時候回京都？」

穗乃香改變話題，如此詢問。

「呃……咦？是什麼時候啊？應該不是今天……」

良彥從包包中拿出訂位單。廉航沒有機票，回程搭機時只要出示這張單子即可。良彥訂位訂得很匆促，不記得詳細內容。

「……如、如果你有時間……我知道有家店的芒果聖代很好吃……」

「芒果聖代？原來如此，這就是所謂的當地甜點？」

聽了穗乃香的話語，黃金想起這個名詞而大呼小叫。剛才是哪隻狐狸在耍威嚴訓斥人啊？良彥一面如此暗想，一面望著訂位單，看了內容之後不禁皺起眉頭。

「……真的假的？」

時間已經過了晚上七點，周圍也變暗了。看著訂位單低聲自語的良彥流露出一股不穩的氛圍，穗乃香擔心地望著他。

「飛機……是明天早上八點起飛……」

廉價的背後居然有這種陷阱。老實說，訂位時良彥只注意價格，根本沒好好確認時間。

「良彥，沒吃到當地甜點可不能回去！既然是早上八點出發，距離現在還有十二個小時以上，不是嗎？」

「哪間甜點店會在半夜開啊？現在這個時間大概都打烊了！」

「啊，可是，芒果聖代的店好像開到晚上八點……」

「真的假的？」

「應該是……」

穗乃香補充了這三個字後，良彥強行抓住她的手邁步疾奔。事到如今，如果沒吃到芒果聖代，夏日的回憶就只剩下差事而已。

「除了芒果以外，有沒有賣紅豆或奶油口味？」

「那些我去超商買給祢，總之現在快跑！」

「良、良彥先生，在那邊左轉……」

吵吵鬧鬧的兩人一神穿過了神話故鄉的夜幕，一路狂奔。

要點

神明講座 1

木花之佐久夜毘賣是和姊姊一起出嫁的？

古時候的日本，姊妹共事一夫並不稀奇。因此兩姊妹的父親大山積神，將木花之佐久夜毘賣的姊姊石長比賣一起嫁給邇邇藝命。然而，石長比賣生得極為醜陋，邇邇藝命一見到祂，便立刻將祂送回父親身邊。

現在這兩姊妹被共同奉祀於全國的淺間神社，而單獨奉祀石長比賣的神社，有烏帽子山的雲見淺間神社、大室山的大室山淺間神社等地。據說這兩座山都有「在山裡稱讚富士山（木花之佐久夜毘賣）會遭天譴」的傳說。

兩姊妹的心境不難想像，
不過還是希望
祂們能夠相互扶持。

二尊 英雄好鳥

一

「萩原先生的名字有一個好處，就是很好念。」

清掃中，新來的計時人員所說的話讓良彥暫停擦拭樓梯扶手，轉過頭來。

「名字？」

「對，名字。我剛聽到『良彥』這個名字的時候，覺得有點老氣，不過任何人都會念這一點倒是很不賴。」

八月下旬，度過盂蘭盆節繁忙期後的隔週，遠藤來到良彥的工作地點研習。他馬馬虎虎地拖地，露出不帶惡意的笑容。

以政府單位的辦公大樓及簽訂承包契約的商業大樓為主的清掃工作是分班進行的，以班長為首，每班僅有四到六人。先前和良彥同班的人離職了，遞補的即是遠藤。

二十歲的遠藤散發一股慵懶的氛圍，耳洞相當顯眼，頭髮似乎在進公司前從金色染回黑色。他上班第一天就遲到，居然還說：「只有五分鐘應該不算遲到吧？」讓眾人一陣愕然。

「哪像我的名字叫『遠藤獅兜』，筆畫很多，小時候我根本不會寫，別人也不會念。我從前還因為討厭自己的名字而和爸媽吵架咧！他們是那種有毒的父母（註3）。」

原本負責指導遠藤的是班長，但由於年歲相近，又屬於同一班，所以良彥成了實質上的指導者。良彥已經和遠藤一起工作好幾次，但至今仍無法適應他的言行。當良彥教導他步驟較為繁複的工作，要他抄筆記，他便拿出智慧型手機說：「抄筆記很麻煩，可以錄音嗎？」而當良彥進行說明，他則像和朋友聊天一樣，只是答著「嗯、嗯」地附和。

「我的老家在大阪，高中畢業以後，我就立刻離家了。那個家我再也待不下去。」

遠藤爽朗地說道，嘿嘿笑了。這麼一提，今天上工前，事務所裡的組長帶著溫和的微笑稱讚良彥：「萩原，你最近越來越穩重了。」當時良彥還為此竊喜，現在想想，或許那是為了激勵他好好督導遠藤才這麼說。

「啊，對了，我想到一個超棒的主意！」

註3：也就是「toxic parents」，意指會對子女造成長遠的負面影響，宛若毒藥般的父母。出自蘇珊．佛渥德及克雷格．巴克的著作《父母會傷人》。

良彥不知該如何回答，只好回頭繼續清理扶手。遠藤得意洋洋地對他說：

「我可以叫你『良彥』嗎？」

良彥完全不明白這個主意哪裡棒，一時間答不上話，只能面露含糊的笑容，發出近似「啊？」又似「咦？」的聲音。他們不是朋友，又是前天才剛認識，而遠藤的年紀甚至比他小，憑什麼直呼他「良彥」？

「遠藤，過來一下。」

樓下傳來班長的聲音，良彥目送遠藤下樓的背影，虛脫地吐了口氣，仰望天花板。

「你沒資格生那個遠藤的氣。」

即使過了正午，暮夏的太陽依然白晃晃地高掛空中。良彥和黃金盡可能避開陽光，從曾經造訪過的滋賀縣石山站走了一段路。

「你對神明的態度也差不多啊。」

「我、我沒那麼過分吧！再說，我也沒生氣，只是有點驚訝……」

良彥蓋上喝到一半的運動飲料，眼睛從投以糾纏視線的黃金身上移開。良彥也知道自己和神明說話沒用敬語。剛開始當代理差使時，他心裡不痛快，所以用平輩的口吻對黃金說話，後來就一直延續到今天。長年參加運動社團的良彥比一般人更注重上下關係，可是現在突然要他恭恭敬敬地改用敬語，又覺得怪怪的。思及這一點，對新人的言行挑東揀西，的確說不太過去——這種公允的觀點良彥還是有的。

「喔，你也知道自己的用字遣詞無禮至極嗎？」

黃金啼笑皆非地看著含糊其詞的良彥，抽了抽鼻子。

「不會用敬語，也不會用謙遜語，還直呼神明的名諱。是眾神心胸寬大才原諒你，換個時代，這可是罪該萬死的無禮行徑啊！」

「罪、罪該萬死未免太誇張了吧……」

「你在工作場合也是這麼對上司說話嗎？」

「不，我跟上司說話是用敬語。」

聞言，黃金愕然地仰望良彥。

「既然你辦得到，為何面對神明時不這麼做！」

「因、因為一開始就已經那樣啦……」

良彥想起剛與黃金相識的情形，當時他無法相信眼前的是神明。

「再說，我也不是隨口亂說啊！只是想表現得友善一點……祢想想，如果我正經八百的，神明反而不好意思開口說出祂的困擾嘛！祢應該了解吧？」

良彥尋找言詞，設法正當化自己的言行。他承認自己的確不常對神明使用敬語，但是現在這已經成了他的「特色」。尤其是大國主神，很欣賞這樣的良彥。

「我只了解你正在胡說八道。」

黃金冷冷地說道，良彥無言以對，看著走在前頭的狐神。祂什麼時候學會耍嘴皮子的？話說回來，良彥說他不希望和神明之間產生隔閡，並不完全是謊言。

雖然九月將近，殘暑卻依然酷熱，擦身而過的西裝男性頻頻用手帕擦拭臉上的汗水，良彥也跟著擦拭額頭垂落的汗水。

昨天，打完工的良彥悶悶不樂地回家，仗著隔天是假日而悠哉地偷閒。誰知過了晚上十點，宣之言書浮現新的神名。那是連良彥也曾經聽過的知名神明。雖說是為了辦差事，不過良彥自己也有點期待和這一尊神明見面。因此，平時總是睡到中午過後的良彥努力在上午起床，前來此地。

「怎麼？妾還在想怎麼有股熟悉的氣息，原來是方位神和良彥啊。」

走過瀨田的唐橋，漫步於通往河畔小神社的路上，河邊的草叢突然傳來沙沙聲。接著，一條美麗的琉璃色蛇探出頭來，才一眨眼就化為熟悉的女神。

「如果你們事先通知要來，妾就可以做些準備了。」

真名為「大神靈龍王」的阿華一臉開心地整理衣襬、梳理頭髮。看來今天沒人踩到祂。

「大、大神靈龍王夫人，恭、恭請鈞安……」

良彥清了清喉嚨，使用自己所知的最高級敬語打招呼。他想依照黃金的期望，拿出「面對神明時的應對進退」，但是嘴巴跟不上平時說不慣的詞句。

「夏、夏日炎炎，貴體可安好……」

「怎麼了？良彥，你熱昏頭啦？怎麼這麼反常？」

阿華憂心忡忡地看著良彥，良彥短短地嘆了口氣，黃金的視線冷冰冰的。看來做不慣的事，還是別做為宜。

「別來無恙？大神靈龍王。」

黃金轉動投向良彥的冰冷視線，仰望額頭上有個花瓣圖案的女神。

「還是老樣子。方位神也一切安好嗎？聽說咱們一族的老翁也受到差使的關照。」

「高龗神嗎？不過最後是水龍親自出馬懲罰凡人，了結差事，算不上什麼關照。」

「我也出了很多力好不好！」

黃金的言下之意是差使根本沒幫上忙。聽祂這種語氣，良彥忍不住插嘴反駁。見狀，阿華用袖子掩住嘴巴笑道：「你們真是一點也沒變啊。」阿華的外貌較為年長，因此姿色和須勢理毘賣或木花之佐久夜毘賣相比，略遜一籌。但是，祂的高貴與典雅足以彌補遜色之處。

「聽說良彥從代理差使升任為正式差使了，這是件喜事啊。你今天是為了什麼事而來？」

女神把深藍色眼眸轉向良彥。

「啊，對對對，其實……」

良彥想起來到這裡的正題，從包包中取出宣之言書。

「我們正要去找這尊神明……」

攤開的宣之言書上，有著用淡墨寫成的「倭建命」字樣。即使對神明了解不多，只要是日本人，一定聽過這尊大名鼎鼎的神明。

「我問過毛茸導航，祂說就在阿華的神社附近，所以我順道來探望祢。」

被代換成四個字的黃金默默踩了良彥一腳，良彥也不甘示弱地抓住祂的金色腦袋。

「……是嗎？大神終於採取行動了……」

阿華無視一人一神的對抗，看著宣之言書上的神名，微微地嘆口氣。

「終於……？發生了什麼事？倭建命是很有名的神明吧？」

拉扯黃金耳朵的良彥，對阿華的反應感到納悶。

阿華面色凝重地點了點頭說道：

「其實，妾從好一陣子以前就發現倭建命的樣子不對勁。不光是妾，住在附近的眾神都很擔心祂。妾本來以為祂只是一時鬼迷心竅，便決定再觀察一陣子，可是祂完全沒有轉變的跡象……」

「樣子不對勁……？」

良彥皺起眉頭重複。連其他眾神都看得出來，想必情況很嚴重。

「感覺上像是有什麼很重大……很沉重的問題嗎？」

雖然聽過倭建命的名字，但良彥並不知道祂是什麼樣的神明。良彥出門前曾稍微惡補《古事記》，得知祂是在神代結束、歷經邇邇藝命下凡及神武東征之後的時代登場的。祂和天道根命一樣，原本是人，後來才位列仙班。

「重大……是啊，這或許是牽涉日本凡人歷史的大事……」

「……真的假的？」

見阿華的臉色如此凝重，良彥感覺到背上有道不舒服的汗水滑落，這想必不單單是天氣炎熱之故。牽涉日本凡人歷史的大事？這回究竟打算派什麼差事給他啊？

「總之，與其由妾在這裡說明，不如你們直接和倭建命見面比較快。祂妻兒替祂建造的神社在附近，走幾步路就到了。祂坐鎮在那座神社裡。」

阿華抬起頭來，指著那個方位。良彥也在電車裡確認過地圖，神社的確位於不到十分鐘路程的位置。或許正是因為如此，倭建命和阿華常有見面的機會。

「阿華，呃，祢知道那件牽涉日本凡人歷史的大事是什麼事嗎……？」

為了緩和實際上聽到差事內容時的衝擊，良彥姑且開口詢問。

阿華略微思索，支吾片刻，最後還是老話一句：「你們見了祂就知道。」

「……我不知道祂是怎麼變成那樣的……」

和阿華道別後，良彥造訪倭建命坐鎮的神社，見到佇立於拜殿旁碎石子地上的祂，忍不住靜靜地低喃：

「不過，的確很不對勁……」

祂確實自稱為倭建命，擁有細長的眼睛及高挺的鼻梁，生得極為俊美。一頭烏黑亮麗的髮絲用紅色細繩綁成角髮。不過，呈現人形的只有頭部。

如果良彥不是在做白日夢，祂的身體是——鳥。

「呃……我再問一次……」

為了慎重起見，良彥賭上萬分之一的可能性，開口詢問。這個半人半鳥的生命體，怎麼可能是日本神話中的英雄？

「祢就是……倭建命，沒錯吧？」

人頭鳥身的祂微微一笑，點了點頭。

「對，我就是倭建命。」

祂收起白色翅膀，優雅地報上名號。良彥閉上眼睛，隔絕現實，在心中喃喃說道：「別了，日本的英雄。」

祂圓滾滾的身體生著純白色羽毛，帶蹼的腳又黑又細。有別於明確呈現人形的頭部，身體完全沒有留下人形的痕跡。祂的大小正好介於天鵝和鴨子之間，脖子又醜又短，只有頭部置換為人類的腦袋。

「……這實在……太詭異了……」

就連黃金也只說了這句話便沉默不語。除了「人面鳥」以外，良彥想不出其他可以形容眼前這尊神的字眼。

「京都的方位神，和……爾是差使吧？我聽大神靈龍王提過。爾是來替我辦差事的嗎？」

人面鳥在碎石子路上搖搖晃晃地走過來，良彥險些往後退，但又及時忍住。小孩見到這一幕，搞不好會哭出來。連大人都可能因此做惡夢。

「倭建命，我就直問了，祢這副模樣是怎麼回事？」

黃金豎起耳朵，代替震驚的良彥詢問。剛過下午一點的境內有幾名香客，想當然耳，沒人留意到良彥與未知生物的相遇。

「祢這個問題真奇怪。」

倭建命宛若吐氣似地呵呵笑了幾聲，回望著黃金幾乎位於同樣高度的雙眼。

「不過，也難怪祢驚訝，畢竟我現在處於前所未有的進化過程中。」

「進化？」

黃金反問。倭建命一面在周圍踱步，一面說明：

「其實，我打從生前就一直很羨慕可以自由自在地飛往各地的鳥。雖然我的心永遠都在廣闊的天空下翱翔，但畢竟是個凡人，沒有真正的翅膀。待我壽終正寢、脫掉臭皮囊，我的靈魂得償所願，化成了白鳥。」

「白鳥？」

良彥一臉詫異，黃金抬起鼻尖。

「《古事記》和《日本書紀》有記載這個故事，也有依這個典故建造的神社及陵墓。」

「喔，這樣啊。」

回去以後得再看一遍《古事記》——良彥如此暗想，倭建命興高采烈地繼續說道：

「化為鳥時的那種快感，至今我仍無法忘懷。房屋、田地甚至山脈都任我俯瞰，迎著風振翅飛翔的感覺實在太舒服了……」

仰望天空，幾隻鳥成群結隊地飛去。倭建命一臉羨慕地望著牠們。

「後來，我被奉祀為神之後，也常化身為鳥，享受空中散步的滋味。不過久而久之，我開始覺得變回人類很麻煩……」

一股不安穩的氣息開始飄盪，良彥下意識地倒抽一口氣。

「打從生前，我就一直嚮往自由又美麗的鳥，這正是我追求的模樣！我不想再被人形束縛，我要進化成鳥，進化為完美的個體！」

倭建命展開翅膀，夏日陽光在祂純白的身體上反射。然而，只有那張臉是人類。橫看豎看，那都是人類的臉。

「……一點也不美麗……」

良彥苦著臉喃喃說道。「甚至很噁心」這句話被他硬生生地吞回肚子裡。

「神化身為動物並不稀奇……」

黃金從人面鳥身上撇開視線，沉吟道：

「可是，祢非得這樣神不神、鳥不鳥的嗎？」

聽了這句話，倭建命收起翅膀，深深地嘆一口氣。

「其實我正為了這件事煩惱。雖然我決心化為鳥，但是，凡人長年來自私自利的祈願，使我的力量越來越衰弱……所以才無法化身為完整的鳥。」

聞言，良彥微微地倒抽一口氣。

「……這麼說來，該不會……」

阿華所說「牽涉日本凡人歷史的大事」閃過良彥的腦海。祂說得沒錯，日本神話中的英雄、至今仍為人津津樂道的倭建命，居然變成一隻鳥，這會有什麼後果？而且不是凶猛的鷲鳥，而是分不出是鴨子還是天鵝的白鳥。鳥的姿態或許優雅、或許美麗，但畢竟是鳥，再怎麼努力也無法握劍。

「話說回來，居然在這個時候派遣差使前來，大神真是慈悲為懷啊！我已經對人形毫無眷戀，從今以後，我要化為一隻美麗的鳥活下去。」

倭建命用陶醉的眼神仰望天空，接著轉向良彥。

「差使。」

和倭建命四目相交，良彥下意識地打了個顫。事到如今，已經無法說服祂了。

如同良彥的預感，半人半鳥的男神宣布：

「我希望你能把我變成完整的鳥。」

良彥心中的吶喊只是徒然，受理差事的光芒從包包中隱約透出來。

二

「……這根本是給我出難題嘛！」

隔天，打工時一直思考差事的良彥，恨恨地說出最後的結論。

他關掉吸塵器，寬敞的會議室倏地安靜下來。接下來他只要把桌椅排好，今天的工作就結束了。遠藤已經先帶著其他工具前往停車場。

昨天回家以後，良彥和黃金討論了許久。日本神話中的英雄變成鳥，真的沒問題嗎？的確，一般人類看不見祂。就算如此，可以這樣說變就變嗎？

「不過，這就是倭建命交辦的差事，大神也受理了，你不能不照辦。」

說著，黃金半是死心地嘆口氣。

「我也沒料到……祂會變成那副模樣……」

良彥再度想起人面鳥，打了個冷顫。說來對倭建命過意不去，但一看見祂用那副模樣對自己微笑，良彥巴不得逃之夭夭。非但如此，祂似乎認為現在這種不人不鳥的模樣也挺美的。

「想變成鳥……這要怎麼達成啊……」

如果只是暫時在空中飛翔，或許還有辦法達成，但祂的願望是永遠變成鳥。記得有種派對道具是橡皮製的馬面頭套，如果找個鳥頭版的，不知祂肯不肯接受？還是只要用瓦楞紙替祂製作鳥嘴，祂就滿意了？

「……應該不行吧……」

良彥捲起吸塵器的電線，嘆了口氣。站在良彥的立場，聞名日本的神明倭建命居然如此輕易地放棄人身，才是令他憂心之處。莫非想變成鳥只是表面上的理由，其實是維持人形會造成什麼不便嗎？

良彥扛著吸塵器走出會議室。玻璃牆的彼端是穿著西裝接聽電話、拿著厚厚的檔案夾四處走動的人們。良彥下意識地停下腳步，迷迷糊糊地望著這幅光景。不久前，他也是其中一員。當時他的立場是應屆畢業的正職員工，在棒球及工作上都備受期待。

「……已經兩年了啊？」

良彥用嘶啞的聲音喃喃說道。眼前只是片薄薄的玻璃，對於良彥而言，卻像是道厚厚的牆壁。雖然是他自己做出的選擇，但是一旦面對現實，心底深處還是隱隱作痛。

「哎，那陣子我也想變成鳥……」

放棄棒球、辭掉工作之後，良彥不想見任何人，閉門不出。如果有雙可以自由飛往各地的翅膀，或許他會飛到無人認識的地方。莫非倭建命也有想飛往他處的理由？

良彥嘆了口氣，走向走廊。

「……咦？」

正要打開通往樓梯的大門時，良彥發現理應帶著其他工具前往停車場的遠藤，竟然站在電梯前滑手機。

「啊，萩原先生，辛苦了。」

發現良彥，遠藤從智慧型手機微微抬起視線，轉動脖子向他點頭致意，接著又立刻把視線移回液晶畫面。

「你在幹什麼……？」

良彥詢問。明明交代他先把工具收拾好，他杵在這裡做什麼？遠藤一臉詫異地回答：

「我在等電梯，一直不來。」

你看不出來嗎——他的表情像在這麼說。良彥覺得有些頭疼，抓抓腦袋。

「不，呃，我們工作中不可以使用電梯，這是規定。第一天班長也曾說過吧？我們只能走樓梯。」

「咦～～？這裡是五樓耶！你是說真的嗎？」

遠藤瞪大眼睛，確認似地問道。

「十樓以上的場所、有大量物品必須搬運、設有業務用電梯，或是放假期間大樓裡沒有人的時候，我們可以使用電梯，其他時候原則上都是走樓梯。」

良彥複述班長事前一面展示手冊一面說明的事項。

「真的假的？對不起，我沒聽到。」

遠藤拿著智慧型手機，歪頭納悶，彷彿在說他從沒聽過這番話。

「不，班長說明過了……我也有聽見……還有，手機也一樣……現在是工作中，你先收起來吧。」

再爭論下去會沒完沒了，所以良彥打住話頭，帶著遠藤走向樓梯。印有基本作業規則的手冊已經事先交給他，但他八成連看也沒看。如果最起碼的錄音他真的有做就好了。良彥背著遠藤偷偷嘆口氣。每個人都有忘記的時候，也有犯錯的時候，至少遠藤會乖乖道歉，或許已經算不錯了。

「萩原、遠藤，辛苦了。」

來到地下停車場，身為約聘員工的五十來歲班長打開廂型車的後門，等候著他們。其他班員的打掃用具幾乎都已經收進車裡，他們似乎是最後回來的。然而，卻沒看見已經結束工作的其他同事身影。

「不好意思，你們有時間嗎？」

班長一面幫忙良彥收拾吸塵器，一面帶著歉意說道：

「吉川在七樓和八樓間的樓梯打翻洗潔劑，大家都去支援。不好意思，你們能不能一起幫忙清理？當然，可以報加班。」

團隊工作時常發生這種情形。良彥說了聲「好」，拿起手邊的水桶。大家一起清理，花不了多少時間。
「遠藤呢？」
班長詢問，遠藤極為乾脆地說道：
「啊，我待會兒有事，不能留下來。」
聽了他的回答，班長輕輕地嘆口氣，點點頭說：
「這樣啊，那就沒辦法了。不過，要等大家到齊才能開車，所以你得自己回去，沒關係吧？你自己的東西有帶著嗎？事務所那邊我會聯絡。」
「啊，好，我家離這裡很近，沒問題。辛苦了～」
遠藤轉動脖子，點頭致意之後，又開始一面滑手機一面走出停車場。
良彥難以釋懷地目送遠藤離去，班長拍了拍他的背。
「速戰速決吧！」
「啊，是。」
的確，遠藤已在工作時間內做好他的工作，加不加班本來就是個人自由，可以拒絕。換成良彥，如果有排不開的要事也會拒絕。這是無可奈何的事。良彥一面如此說服自己，一面跟著班長走向樓梯。

「……不過，我現在有點想變成鳥……」

一想到下次還得和遠藤搭檔，良彥不禁如此喃喃自語。

⛩

「我回來了……」

打工原本預定在晚上七點結束，但是收拾完畢、離開現場時已經過了八點。眾人在事務所解散，良彥於九點前回到家裡，發現父親正在獨自小酌。

「媽媽呢？」

良彥詢問吃著柿種仙貝的父親。打開冰箱一看，裡頭有用保鮮膜包著的馬鈴薯燉肉，鍋裡則有味噌湯，只要再搜刮一些常備小菜，就能成為一頓晚飯。

「佐佐岡太太邀她去媽媽芭蕾教室試聽，晴南和朋友一起去唱ＫＴＶ。」

父親回答，視線沒有離開電視上的時代劇。

「你媽出門前有交代，如果你還沒吃晚餐，叫你在廚房裡隨便找東西吃。」

「每次都這樣。」

良彥微微嘆口氣，回到自己的房間換完衣服之後，又來到廚房。黃金一如平時，在他的房裡袒胸露肚睡大覺。不知何故，良彥看到祂這副萬事太平的睡相，覺得很不痛快，便故意摸了柔軟的肚子好幾把。

在萩原家，權力關係十分明確。以永遠閒不住、成天忙於兼差或家事的母親為首，不把哥哥當哥哥的凶神惡煞妹妹也大權在握，父親和良彥只能遵從娘子軍的決定。父親雖是家裡的經濟支柱，家人全靠他養，卻沒什麼發言權。不過，這倒不是被欺壓，而是他天生就不愛自我主張。事關孩子也一樣，通常都是母親做決定，父親事後同意。拿良彥來說，他在升學及學習才藝等方面，從未遭受父親反對。不過，這不代表父親對孩子漠不關心。良彥記得他小學時說要打棒球，父親立刻買了個棒球手套給他。

「良彥。」

良彥從冰箱裡拿出馬鈴薯燉肉時，父親在客廳對他說道：

「打工開心嗎？」

父親平時被家裡的女人騎到頭上，向來不起眼，鮮少詢問這類問題。良彥有些錯愕地眨眨眼，接著回過神來，點頭回答：「啊，嗯。」良彥辭掉工作時，父親只說了句：「這樣啊。」並未多加干涉；良彥開始打工時，父親也沒發表任何意見，良彥甚至不曾跟父親說過自己打工的內容。現在父親怎麼會突然問起這件事？

「當然不是事事都開心，不過大家人都很好，處得很愉快，工作起來也不覺得辛苦。」

說到「大家人都很好」時，有個人讓良彥冒出問號。不過要說他是壞人，倒也不至於。

父親說了句「這樣啊」，拿起手邊的啤酒喝了一口。

「我本來以為你會撐不下去。當初你選擇清潔業，讓我很意外。現在多得是餐飲業或超商工作吧？」

「啊，嗯，是啊……」

良彥回想起自己兩年前幾乎關在房裡、足不出戶的狀態。放棄棒球、辭去工作好一陣子之後，良彥終於自覺不能再頹廢下去，決心找工作。而他在求才資訊網站上找到的就是現在這份打工。當時良彥極力避免與人接觸，因此選擇這個可以默默工作的行業，如今反倒覺得頗為自在；思及必須兼顧差使的工作，能夠自由排班這一點也是個莫大的好處。

「從前，我爸曾經這麼說過。」

良彥的父親開口說道，視線仍然向著電視。

「打掃是種神事。」

聞言，良彥抬起頭來。父親的爸爸，即是良彥的祖父。

「他說這是種可以淨化汙穢的尊貴工作。」

良彥不清楚祖父是從什麼時候開始擔任差使。或許祖父對父親說這句話的時候，已經見過神明了。

「爺爺是這麼說的……？」

良彥確認似地問道，父親瞥了他一眼，點了點頭。

「他以前常說這種話，說人類不能忘了是神明賞我們飯吃。他是個常跑神社的人，爸爸完全不明白這麼做到底有什麼樂趣。」

父親手拿啤酒，面露苦笑。良彥從自稱是祖父朋友的老人手中收下宣之言書的那一天，曾把宣之言書拿給父母看，而父母都說沒看過這樣物品。父親應該不知道祖父是差使。

「不過，現在我可以理解他為何說打掃是種神事。所以，聽你媽說你選擇清潔業，我有點驚訝。在這麼多行業裡選擇了神事，或許是你爺爺冥冥之中的安排吧。」

放在爐火上的味噌湯發出噗滋噗滋聲。良彥端著盛有馬鈴薯燉肉的盤子，杵在原地聆聽父親說話，令人懷念的祖父容顏閃過腦海。

「加油啊。」

父親半開玩笑地說道，再度專注於電視節目。

「……嗯。」

聽了意料之外的一席話，良彥微微點點頭。

开

倭建命是以第十二代景行天皇的次男身分於《古事記》中登場。祂殺了素行不良的哥哥之後，奉父親之命西征。當時祂只是個少年，尚未長大成人。

祂男扮女裝，在九州南部誅殺了熊曾建兄弟。又在返回大和之前，前往出雲，假意與出雲建結交，趁他放鬆戒心之際殺了他。年幼的祂為了幫助父親，可說是費盡心機。

後來，倭建命回到大和，父親又命令祂平定東方。祂在相模國（神奈川）遭到國造背叛（有一說是在駿河），為了鎮撫波濤洶湧的大海，愛妃自願成為活祭品。之後，祂繼續北上，平定了眾多不服之徒。

「後來，回大和的路上，我在伊吹山因為輕敵而身負重傷，最後未能回到大和，在伊勢國魂歸西天。」

意外受到父親鼓勵的隔天，良彥再度拜訪倭建命，帶著祂造訪《古事記》及《日本書紀》

記載的「白鳥傳說」遺跡之一——大阪的白鳥陵。這個地方與奈良縣相鄰，位於難波東南方。良彥等人在下午三點過後從滋賀的石山站出發，抵達時太陽已經西斜。

「接著，我的靈魂脫離肉體化為白鳥，經過大和，降落在這個河內國。後人建造了一座陵做為紀念，就是這座陵。」

良彥腳邊的倭建命張開翅膀，指著眼前的環狀壕溝內側的小山。這座陵墓看似一個樹林茂密的小島，和從前良彥造訪的垂仁天皇墓一樣，是前方後圓墳。

「什麼是陵？和墓不一樣嗎？」

良彥一頭霧水地問道。他本來以為來到這裡有助於了解倭建命想化身為鳥的真正理由，誰知倭建命死後的經歷如此複雜。祂是在伊勢國歸天，換句話說，就是現在的三重縣。之後祂又飛經奈良，來到大阪。那麼，這個巨大的前方後圓墳裡，埋的又是什麼？

「你可以把它們當成是同樣的東西。不過，現在好像只有天皇的墓才可以稱為陵。」

黃金瞇起眼睛，鬍鬚隨著橫渡水面的暖風翻飛。倭建命又補充說明：

「我過世時的身分是皇太子，本來不該是陵，而該是墓。實際上，伊勢國就有我的墓。這個陵是例外，聽說裡頭埋葬的是我的衣物。」

倭建命略微懷念地望著陵墓。

「當時，捨不得與我分離的皇妃和眾皇子們追著化為鳥飛走的我，讓我感到很欣慰。」

根據《古事記》所載，接到倭建命薨逝的消息之後趕來的親人們一面哭泣，一面追逐祂的靈魂化成的鳥。從三重一路追到大阪應該不太可能，不過仍可窺知他們有多麼哀悼祂的死亡。

「話說回來，祢為什麼要飛來這裡？」

良彥說了重讀《古事記》時的感想。生前嚮往鳥這部分他可以理解，不過死後實現心願，為何飛到這個地方來？這裡對倭建命而言，具有什麼特殊意義嗎？

面對良彥的問題，倭建命閉上嘴巴，思索片刻。

「……倒也不是有什麼特殊意義。」

剛才充滿懷念的表情有了一百八十度的轉變，倭建命的眼神黯淡下來，並對良彥露出笑容，像是想掩飾什麼。

「只是碰巧而已，大概是我落地歇息的時候被人看見了。」

「碰巧……」

良彥覺得祂的笑容背後似乎另有隱情，便含糊以對。好不容易從沉重的肉體解脫，獲得自由，會飛往沒有特殊意義的地方嗎？

「咦？這不是萩原先生嗎？」

走在沿著壕溝設置的步道上，後方有道聲音傳來。良彥回過頭，黃金和倭建命也跟著停下腳步。

「你在這裡幹什麼？」

熟悉的聲音和語氣是出自於遠藤。他沒想到會在這裡遇上良彥，驚訝地瞪大眼睛。他和平常打工時一樣，穿著T恤加牛仔褲的率性裝扮，身旁是個頭髮染成褐色的苗條年輕女性。

「遠藤……」

然而，比起在此地偶遇的驚訝，他手上的物體更加吸引良彥的目光。

「……誰、誰家的孩子？」

遠藤手上抱著一個用吊在肩膀上的布巾包起來的小嬰兒。小嬰兒穿著粉紅色的涼爽服裝，一面擺動柔軟的小手，一面仰望遠藤的臉龐。

「還能是誰家的孩子？當然是我的孩子啊！五月才剛出生的。」

遠藤和身旁的女性對望，露出苦笑，並斜過身子，好讓良彥可以看清楚嬰兒的臉。

「咦？遠藤，你結婚了？」

「我沒說過嗎？啊，這是我老婆。」

「啊，呃，妳好。等等，我從來沒聽你說過你結婚生子了！」

同樣的狀況之前好像也在哪裡發生過？良彥一面暗想，一面向遠藤稱之為老婆的女性點頭致意。他沒想到遠藤已經結婚生子，組長和班長都沒提過這件事。

「喔，奶娃兒啊？」

良彥腳邊的黃金抬起鼻頭，窺探嬰兒。嬰兒揮舞手腳，轉過身子，目不轉睛地凝視著黃金。黃金搖動尾巴逗弄，嬰兒便開心地笑起來。見狀，倭建命也忍不住露出笑容。對於神明而言，人類的嬰兒似乎同樣令祂們莞爾。

「是女孩嗎……？」

良彥詢問，遠藤一臉開心地點了點頭。

「很可愛吧？長得像我。」

遠藤說道，身旁的妻子有些傻眼地笑了。他平時一定常這樣炫耀女兒。

「啊，對了，昨天真不好意思。」

「昨天？」

注意力全被嬰兒吸引的良彥一時沒意會過來，如此反問。

「我沒留下來加班。我老婆煮飯的時候受傷，我得立刻回家。」

良彥循著遠藤的視線望去，發現他的妻子左手包著繃帶。

「對不起，給你們添了麻煩。」

「啊，不會。」

見遠藤的妻子低頭道歉，良彥連忙要她別放在心上。接著，良彥又聯想到一件事，望向遠藤問道：

「你昨天一直盯著手機看，該不會是因為……」

「啊，被發現了？我在聯絡我老婆，叫她去醫院，還有討論小孩該怎麼辦……」

遠藤自嘲地笑了。如果他早點說，良彥便可以幫他妥善安排。但從他昨天那種堪稱厚臉皮的鎮定態度，實在無法想像背後有這樣的隱情。

「話說回來，萩原先生，你一個人跑來這裡幹什麼？」

遠藤問道，良彥這才猛省過來。沒錯，遠藤看不見黃金和倭建命。八月的傍晚，一個男人獨自在古墳邊閒晃——他要如何說明這個狀況？

「……該怎麼說呢……呃，觀賞古墳……是我的興趣……」

良彥流著並非出於炎熱的汗水，連珠炮似地說道。要是胡謅有朋友住在附近，被他繼續追問，可就麻煩了。

「古墳？好性格啊……哎，這一帶的確有很多古墳。」

遠藤望著隨風起了漣漪的壕溝。

「我的老家就在這一帶，小時候根本不知道什麼是古墳、神社，常常胡亂跑進去玩。不過現在很多地方都進不去了。」

他的妻子似乎也是本地人，一面點頭一面望著墳墓。暖風吹拂她的頭髮。

「這麼一提，你說過你是大阪人……」

良彥想起和遠藤的對話，喃喃說道。

「啊，那你現在是回鄉探親囉？」

遠藤現在應該是住在京都。

聽良彥詢問，遠藤露出自嘲的笑容答道：

「我去老婆的娘家，回程順道掃墓而已。」

「掃墓？」

「我爸去年死了，我媽人不知道在哪裡。」

聽了這句若無其事的話，顧著看嬰兒的黃金和倭建命也忍不住抬起頭來望向遠藤。

「這種情節很常見吧？丟下孩子好幾天不回家，一回來就把孩子趕出家門，不讓他進屋。我爸就是會幹這種事的人，所以他算是自作自受。」

遠藤滿不在乎地說道，身旁的妻子五味雜陳地看著他。新聞網站時常出現虐待孩童或疏於照管等字眼，良彥也常看見。如今直接聽聞真實案例，胸口不禁變得沉重。

「……原來是這樣啊。對不起，我不該多問的。」

聽了遠藤意料之外的身世，良彥尷尬地說。若要說「辛苦你了」安慰他，似乎又不妥。

「啊，別放在心上。我也覺得很像漫畫裡的情節。老爸每天照三餐打人，又是小鋼珠又是借錢，還因為喝太多酒而弄壞肝臟。他一入院，母親就跟著男人跑了，實在太經典。」

遠藤一面搖晃身體安撫女兒，一面對自己的孩子微笑。

「有時候我會想，如果我當個聽話又懂事的小孩，他們是不是就會多愛我一些？只可惜我做不到。」

遠藤的口吻猶如在談論別人，良彥搜索枯腸，不知道該對他說什麼才好。遠藤曾用「有毒」來形容他的父母，或許他的人生之路遠比良彥想像的坎坷許多。

「……不過，你還是去幫他掃墓了……」

聽了良彥的話語，遠藤略顯困擾地笑了。

「要我看在他死了的份上原諒他，我辦不到。所以我去跟他做了訣別宣言。」

他慈愛地看著懷中那對純真無垢的雙眼。

「我絕不會讓女兒步上我的後塵。」

倭建命有些心酸地看著這樣的遠藤。

三

皇姑母，父皇是不是憎恨我？

與良彥等人道別，獨自返回神社的路上，倭建命想起當年的往事。東方逐漸染上夜色的天空又悶又熱，每每拍動白色翅膀，便幾乎快融化其中。祂明明如此嚮往飛翔，現在占據祂胸口的，卻是與快感天差地遠的感覺。

不讓我帶兵，這樣怎麼打仗？

搏命西征歸來沒多久，天皇又命令倭建命平定東方。當時皇妃才剛替祂生了個柔軟可愛又笑口常開的胖娃兒。

父皇是不是希望我死？

倭建命在東征途中順道前往伊勢，拜訪在大御神宮擔任齋王的倭比賣命。隨著淚水脫口而出的話語，是平日切身體會的感受。父親厭惡自己，所以屢屢將自己派往遠方。

奉命西征時，倭建命仍是個垂髫少年，一心只想獲得父親的肯定，便不顧危險，討伐有西國最強之譽的熊曾建，之後又誅殺了出雲建。祂以為父親一定會為此褒獎祂、一定會為此開心，意氣風發地回到大和。

誰知父親只是一臉畏懼地望著歸來的兒子。

大家都知道爾的皇兄之事是個無奈的意外，天皇一定是另有考量。只要爾達成使命，定然龍心大悅。誰會憎恨生得與自己如此相像的親骨肉呢？

姑母如此鼓勵倭建命，並把草薙劍交給祂，但祂心中的不安並未因此消除。

即使結束這趟征途回朝，父親看見自己，鐵定又會露出同樣的表情吧？遠赴東方的倭建命胸口就像鉛塊一樣又重又冷。

祂甚至夢想著，能夠就這麼死在某處——

「我有一個疑問。」

回到離家最近的車站，良彥對走在身旁的黃金說道。從大阪回來時正好碰上尖峰時段，黃金拋下被擠成沙丁魚的良彥，獨自跑到行李架上避難，因此他們沒機會說話。乘客頭上有隻狐狸，實在是種超現實的光景。

「倭建命結束東征，回到尾張，卻突然擱下草薙劍去和伊吹山的神明決鬥。祂為什麼不帶著劍一起去？」

根據《古事記》記載，倭建命即是因為此時所負的傷勢惡化而亡。姑母倭比賣命賜給祂的草薙劍，是從前須佐之男命從八岐大蛇的尾巴取出的強力靈劍，為何當時倭建命沒帶走？

「剛才祂不是說因為輕敵嗎？」

黃金搖動尾巴，仰望良彥。

「如果你有所懷疑，為何不問祂？」

「呃，因為……不好意思問……」

詢問造成死因的事件本來就難以啟齒，而倭建命聲稱自己是碰巧飛到白鳥陵所在之處，也讓良彥覺得事有蹊蹺。祂似乎有什麼難言之隱。

「祂年紀輕輕就奉命西征，而且凱旋歸來，代表祂腦筋應該很好，也有實戰經驗。這樣的人怎麼會擱下最強的武器去和敵人決鬥呢……？」

從《古事記》的內文看來，祂似乎不是不小心忘了帶。良彥歪頭納悶著行走，不經意地轉動視線，卻發現黃金不見蹤影，忍不住停下腳步環顧四周。只見一隻狐狸坐在掛著「夏日冰涼甜點祭」布條的超商門口，默默地凝視他。

「既然你讀過《古事記》，難道沒察覺什麼嗎？」

靠著靜坐獲得生起司銅鑼燒的黃金一面大快朵頤，一面望著在停車場角落板著臉檢查荷包的良彥。

「察覺什麼？」

「年紀輕輕就奉命西征，之後又立刻被派去平定東方，兩趟征途都有生命危險。換成是你，會一再讓愛子幹這種事嗎？」

良彥喝著順便買來的薑汁汽水，蹲了下來。

「呃，當然不會……可是，那個時代不就是這樣嗎？」

「不過，當時的天皇除了倭建命以外還有許多皇子。更何況天皇派遣倭建命東征時，並未給祂軍隊。」

「咦？沒軍隊……這樣活像……」

良彥在話說出口前硬生生地吞回去。從寶特瓶滑下的水，滴在柏油路上形成水漬。平定東方必然會發生征戰，倭建命卻連軍隊也沒有，這代表祂戰敗身亡的可能性極高。

黃金舔了舔嘴角，用黃綠色雙眼望著良彥。

「天皇八成是畏懼倭建命。」

剛結束社團活動的高中生背著大大的包包，成群結隊地走進超商。黃金瞥了他們一眼，繼續說道：

「從前倭建命曾一時失手，殺了連天皇也頭痛至極的放蕩哥哥。雖然那幾乎可說是意外，但天皇似乎無法釋懷。當時命令倭建命去勸說哥哥的，就是身為天皇的父親。」

之後，天皇開始畏懼兒子，害怕有朝一日自己的生命也會受到威脅，被倭建命所殺。因此，天皇刻意將倭建命派往西方，命令祂討伐熊曾建，暗自期望雙方能夠同歸於盡。然而，倭建命卻毫髮無傷地歸來，於是天皇又將祂派往東方，比西國更加遙遠廣大的未知國度。

「倭建命應該也隱約察覺了，才去找姑母倭比賣命商量。然而，君命難違。祂忠心耿耿地平定東方後踏上歸途，並在此時和伊吹山的神明決鬥。」

身心俱疲的祂不知有何想法？故鄉大和就在眼前，祂為何放棄靈劍？

「……祂是不是不想回去……？」

良彥喃喃說道。一回大和，又要遭受父親冷落，下次不知會被派往多麼危險的地方。既然如此，不如就在這裡——或許祂是這麼想的。

「祂應該很恨祂的父親吧……」

良彥想起倭建命凝視白鳥陵時的側臉。

青春幾乎都耗費在打仗之上，最後魂斷異鄉。臨死前，眺望著與故鄉相連的天空，不知祂有何感想？

「另一方面，在伊吹山戰敗之後，負傷臥床的祂留下一首思國歌。」

說著，黃金緩緩地吟詠這首歌。

「倭為國上國，青山繚繞如垣，隱跡山中，秀麗無倫。」

「歌詞的意思是什麼？」

「意思是青山環繞的大和十分美麗，是一首讚美故鄉的歌。」

聞言，良彥更加納悶。祂活像刻意尋死般，擱下靈劍與神明決鬥，但是負傷臥床之後，卻又如此懷念故鄉，彷彿恨不得早日回去。

「……莫非祂在伊吹山獨力奮戰之後，對父親有什麼不一樣的想法……？」

又或是自知不久於人世，單純懷念自己出生的故鄉？

「無論如何，良彥，你這回的差事是把那隻詭異的生物變為完整的鳥。」

黃金一面咀嚼，一面看著良彥。

「我們再怎麼說三道四，終究是推論罷了。倭建命到底期望什麼，只有祂自己知道。現在唯一可以確定的是，祂想變成美麗的鳥。」

「我知道啦。聽了剛才那番話，我能體會祂想變成鳥的心情……祂在世時的人生實在太悲慘了……」

就算變成鳥，也無法把過去一筆勾銷。不過，如果祂認為改變樣貌能讓祂掙脫束縛，那麼良彥能夠理解祂的心情。

「我個人也想早點解決人面鳥的窘境……」

良彥喃喃說道。今天與倭建命再次相見，良彥依然無法適應祂那副模樣。為什麼偏偏在那種狀態之下停止變化？

「其實我也認為倭建命那副模樣有些蹊蹺。只有頭部呈現人形，你不覺得像是有股意志從中作梗嗎？」

「意志？」

「臉是凡人認知『自我』的關鍵部位。在我看來，那像是留下的臉部在做最後抵抗。」

或許只是湊巧而已——黃金補上這一句，咀嚼剩餘的銅鑼燒。

「即使祂嘴上說想變成鳥……？」

良彥歪頭納悶。祂交辦的差事是變成完整的鳥，但是心中又有股意志阻止祂變成鳥嗎？

「啊，這麼一提，遠藤的寶寶看見倭建命沒哭耶。她應該看得見吧？不害怕嗎？」

良彥想起乖乖被遠藤抱在懷中的嬰兒。她對黃金的尾巴有反應，鐵定看得見祂們，但是對人面鳥卻沒有任何特別的反應。

「奶娃兒純真無垢的眼睛能夠看穿我們神明的本質。要等到自我意識萌生之後，才會因為外貌而感到害怕。」

吃完銅鑼燒的黃金一副理所當然地說道。

「外貌……」

良彥一面感受含在嘴裡的薑汁汽水氣泡，一面仰望夜色逐漸深沉的天空。

卄

時間將近晚上八點，天色已經完全變黑。良彥回到家中時，父親正在採收種在玄關前的小番茄；位於正後方的狹窄客廳前院則種植著苦瓜，兼當遮陽綠簾。家庭菜園是父親的小嗜好。望著父親浮現於陰暗之中的背影，良彥在原地呆立了好一陣子。寬大的背部幾時變得這麼窄小？良彥迷迷糊糊地如此暗想。

「怎麼，你回來啦？」

不久後，察覺氣息的父親回過頭來，如此說道。他的表情沒什麼變化。

「今天有天婦羅。」

父親動著採收用的剪刀，繼續說道。玄關的燈光照亮父親的半邊臉。

「庭院裡採收來的茄子很好吃。如果你早點回來，就能吃到剛炸好的天婦羅了。」

「喔……收成啦？」

良彥從父親手中接過裝著番茄的竹篩。這些番茄今晚應該會冷藏起來，供明天早上的沙拉使用，又或許會分送給鄰居。良彥沒有事前告知今天要不要在家裡吃晚餐，八成一如平時，留下了良彥的份。

良彥再度望著挑選成熟小番茄採收的父親。仔細想想，上次全家人共進晚餐是什麼時候的事？良彥辭掉工作以後，生活變得不規律，與父親碰頭的時間似乎也減少許多。即使如此，父親從未嘮叨過兒子半句。他從以前就是退一步關懷兒子的人，這種情形在良彥成年以後變得更為顯著。

「呃……」

聽到天婦羅，黃金便擱下良彥，迅速跑進家中。良彥目送牠穿過門口的尾巴，對父親說道：「爺爺是個什麼樣的人？」

面對這個突如其來的問題，父親有些驚訝地抬起頭來。

「怎麼突然想到要問這個？」

「沒什麼，只是覺得好像沒聽你說過。」

良彥撇開視線抓抓頭。思考倭建命的父子關係時，他的確想到了自己的父親加以對照。良彥從來不曾怨懟總是被家中女人騎到頭上的溫和父親，不過父親對祖父又有什麼想法呢？

「這個嘛……」

父親手上的剪刀發出喀嚓聲，番茄的野味混雜於溫熱的空氣之中。

「比起催孩子念書，他更注重打招呼、筷子的拿法和擺好鞋子這類生活瑣事。不過，除此之外，他是個有些捉摸不定的人，常常突然跑得不見人影，所以常挨你奶奶的罵。」

第一次聽到祖父的逸事，良彥不禁笑了。常常突然跑得不見人影，或許是為了差事而奔走吧。說來對祖父過意不去，一想像他被不知情的妻子罵得狗血淋頭的畫面，良彥便覺得好笑。

「我讀小學的時候，我們曾經一起跑進山裡探險，結果迷了路；也曾經為了看夜晚和早晨交接的時刻，整晚不睡覺。如果有什麼疑問，兩人就湊在一起查百科全書……」

父親憶起當時，露出了笑容。

「我說我想種植物，他就在庭院裡灑了各種種子，你奶奶氣得罵他：『你是想把家裡變成叢林嗎？』」

「爺爺老是挨罵呢。」

隨著交雜嘆息的笑聲，良彥說出這句話。看來祖父也和現在的父親一樣，在妻子面前抬不起頭來。

「他不會制止小孩的好奇心，甚至還會鼓勵小孩放手去做。多虧了他，我的家庭菜園才能成功。」

父親得意洋洋地瞥了良彥一眼。原來他們現在能夠吃到新鮮的蔬菜，得感謝祖父才行。

「我覺得爺爺好像小孩。」

良彥拿起一顆剛採下的番茄放入口中。咬碎光滑的表面之後，熟悉的酸味頓時在舌頭上擴散開來。

「像小孩嗎……是啊，爸爸也這麼覺得，不過……」

父親停下手來，望向遠方。

「或許是因為他灌注的愛超越一切。」

父親說這番話的側臉，彷彿和祖父的面容重疊了，良彥不禁眨了眨眼。隨著年歲增長，良彥也越來越像父親。這正是血脈相連的確切證據。

「生了你，開始育兒以後，我在很多方面都是跟你爺爺學習的，只可惜還是學不周全。」

父親苦笑著回過頭來。看著父親的臉，良彥突然想起他頭一次買棒球手套給自己的事。良彥表明想打棒球時，父親只說了句：「這樣啊。」可是隔天下班回來的路上，他立刻買了小孩用的小手套給良彥。良彥開心極了，當天抱著手套睡覺。他藉由體育推甄上高中及大學時，還有到公司上班時也一樣，父親總是尊重良彥的決定。這絕不是在劃清界線，而是父親用他承襲自祖父的作風，鼓勵良彥放手去做。

這份愛過於深厚，良彥直到現在才察覺。

「……我放棄棒球的時候……你是不是很失望？」

良彥詢問的聲音有點嘶啞。仔細回想起來，當時他幾乎不和家人說話，連辭職的事也是先斬後奏。那陣子他投身於網路和遊戲之中，藉由逃避現實來自我療傷。

父親微微一笑，從手邊的工作抬起頭來。

「失望倒是沒有，而是擔心你。當時你爺爺剛過世，而你又那麼黏你爺爺。」

收到祖父惡耗那天的天空顏色，在良彥的腦海中重現。那種連繫著各種事物的力量突然斷絕的感覺，至今仍在良彥的記憶中留著粗糙的觸感。

「良彥，你呢？放棄棒球之後覺得失望嗎？」

父親詢問，良彥錯愕地眨眨眼。

「不……我現在已經看開了……」

良彥看著自己捧著竹篩的手，長年握球棒形成的繭，已經變得柔軟許多。辭掉工作、放棄棒球，換來的是宣之言書。或許從那一刻起，過去的自己未能察覺的事物，便持續在這雙手上累積。

「那就好。」

父親笑著把採收來的番茄放到良彥手上的竹篩裡。

「以後一定還會出現你想做的事，到時候放手去做就行了。」

這句話在良彥的胸中滲透融化。

祖父與父親。

父親與自己。

傳承其間的事物。

足以包容人生的沉靜愛情。

另一方面，世上也有血濃於水卻互相憎恨的親子，也有未能傳承的愛。越是了解祖父和父親，良彥越是體認到，自己一直視為理所當然的環境，其實並非理所當然。

良彥忍著鼻子深處的酸楚皺起眉頭，遠藤的身影閃過腦海——他與父親訣別，成為人父，凝視著愛女時的幸福眼眸。

「如果你爺爺還活著，一定也會說同樣的話吧。」

父親帶著笑意的話語飄入夜色裡，暖風中傳來蟲鳴聲。

四

隔天傍晚打工之前，良彥再度造訪倭建命的神社。雖說位於鄰縣，但搭乘電車三十分鐘即可抵達，不至於造成良彥的負擔。良彥穿過橫跨道路、偌大的第一鳥居，沿著參道前進。過了第二鳥居之後，道路變成碎石子路，頂著山形屋簷的神門上掛著寫有「神燈」兩字的大燈籠。倭建命猶如事先預料到良彥會來訪，在深處的三棵杉樹前等候。

「不愧是神明，知道我要來。」

見了出迎的倭建命，良彥有些錯愕地聳聳肩。

「只是碰巧。剛才我去瀨田川附近的空中散步，看見黃金老爺和差使兄走來。」

倭建命依然呈現不協調的半人半鳥姿態，搖搖晃晃地走在境內的碎石子路上。隱藏在樹林間的揚聲器傳來神樂，醞釀出一股莊嚴的氣氛。

「我一直在想……」

仰望著剛才倭建命展翅翱翔的天空，良彥開口說道：

「當祢死了，靈魂化為鳥之後，為何要飛去奈良和大阪？」

倭建命聲稱那沒有任何特殊意義，但良彥始終無法釋懷。在沒有軍隊的狀態之下奉命東征，又自暴自棄地讓自己在伊吹山陷入生命危險，最後魂斷異鄉。即使祂對父親有恨，當時的行動應該是出自於人類的自然感情。

「其實祢想回家鄉吧？」

換句話說，就是回到父親身邊。

倭建命不發一語地望著池塘，默默聆聽。接著，祂宛若忍耐著痛楚，閉上眼睛輕聲說道：

「……父皇一直很忌諱殺了皇兄的我。」

收在背上的白色羽毛似乎微微顫抖著。

「我也隱約察覺到這一點。平定西方後，父皇又立刻派我東征，卻不允許我帶兵，這時候我終於確信了。父皇不希望我留在身邊……當時我一直無法接受，可是現在我有些明白。父皇好歹是天皇，面對殺害長兄、可能威脅皇位的人，自然得多加提防。」

身穿裝束的神職人員踩著碎石子，發出帶有淨化功效的沙沙聲走向某處。擺放在境內的陶瓷桌反射著午後的陽光。

「平定東方之後，我留下草薙劍前往伊吹山時，曾賭了個咒——如果我能夠不靠靈劍打倒凶神，父皇就會原諒我。」

倭建命望著光芒閃爍的池水，自嘲地笑。

「……可是，下場卻十分悽慘，連死個痛快都不可得。」

「祢果然是這麼想的……」

黃金低聲說道，良彥微微地嘆了口氣，垂下眼睛。一想像倭建命當時被逼得走投無路的心境，就覺得十分心酸。

「如同差使兄所言，我死後飛往人在大和的父皇身邊。雖然父皇怨恨我、疏遠我，但畢竟是我唯一的父親……然而越接近皇宮，我一想到或許又會被拒於門外，便越感到害怕而猶豫不決，在皇宮附近起起降降好幾次。」

「……那個地點就是白鳥陵嗎？」

白鳥陵位於奈良縣御所市及大阪羽曳野市兩處，當時景行天皇就住在現在的奈良縣櫻井市。以鳥的移動距離而言，兩處都不算遠。

面對良彥的問題，倭建命雙眼低垂，點了點頭。

「我好不容易抵達皇宮，遠遠地從枝頭上窺探父皇的身影……當時父皇確實為了我的死而哀傷流淚。」

總是一臉恐懼地看著兒子的父親，如今為了自己的死而哭泣。這個事實融化倭建命胸中的冰冷鉛塊。

「我感到心滿意足。有那些眼淚就足夠了，父皇的確念著我，並為我哭泣。這個事實讓我感到很欣慰，因此我沒有與父皇相見，直接離開。我沒變成凶神，就是因為這個緣故。我並不怨恨父皇。」

倭建命筆直地凝視良彥如此說道，雙眼不帶一絲陰霾。祂說祂不怨恨父親，應該是實話。然而，良彥輕輕觸及隱藏其中的一抹疑問。

「那麼，祢為什麼想變成鳥？」

祂既不是想報仇雪恨，也不是想飛往某個特定地點。既然如此，為何祂不惜拋棄人形，也要變成鳥？

「……我說過了，我從生前就很嚮往鳥……」

倭建命展開單邊翅膀，宛若比手畫腳似地再次說明。然而，在良彥洞悉一切的眼神注視之下，祂說到一半便打住。

「我一直在想，祢變成鳥以後，究竟想怎麼做？究竟想做什麼？不過，其實重點不在這裡……而是外貌，對吧？」

良彥確認似地問道。

「對祢而言，不再當人才是祢的目的……如果祢不是人，而是隻漂亮的鳥……」

說到這兒，良彥停頓了一會兒，才又平靜地說道：

「或許就能獲得父親的愛。」

倭建命緊緊皺起眉頭，閉上眼睛。

「當祢是人的時候，無法獲得父親的愛。不過，如果是大家追逐的美麗白鳥模樣，或許就能獲得父親的愛。祢是這麼想的吧？」

這是早已昇華的孺慕之情。

一陣風橫渡池水，輕撫良彥等人，在空中融化，消失無蹤。

「……我明明已經心滿意足了……」

不久後，倭建命緩緩睜開眼睛，喃喃說道：

「看見父皇的淚水時，我原本打算讓一切付諸流水……不怨恨、不悲傷，純粹感謝我們這輩子能夠當父子……可是……不知何時，我……」

倭建命垂眼望著碎石子，從喉嚨深處擠出聲音：

「我還是渴望被愛……」

經過漫長的時光，祂被奉祀於神社，成為神明，照理說，心靈應該平靜下來了。可是，隨著力量猶如沙堡崩塌般潰散，塵封的感情又一點一滴滲透出來。祂夢想著和一般父子一樣，能陪伴在父親身邊談天、撒嬌，時而被嚴厲訓斥。父親和自己早已逝世，時光不可能倒流，但祂就是無法遏止這股淡淡的期待。

父皇，請別用那種眼神看我。

如果這副模樣很可怕，我願意化為美麗的白鳥。化為連劍也拿不動的柔弱白鳥。屆時——

屆時，是否就能夠獲得父皇的愛？

良彥配合倭建命的視線高度蹲下，黃金搖著金色尾巴旁觀。其實，截至目前的結論，都在良彥的預料之中。不過，還有一個問題。

「你知道你為何那麼想變成鳥，卻無法完全變成鳥嗎？」

聽了這個問題，倭建命訝異地抬起頭來。

「為何無法完全變成鳥……？是因為我的力量衰退——」

倭建命對自己所說的話沒有把握，說到一半便停住。為了獲得父親的愛，祂如此渴望變成美麗的鳥，恨不得盡快擺脫這種不人不鳥的模樣。

良彥揀選言詞，繼續說道：

「這當然也是原因之一，不過我不認為這是主要原因。應該是祢自己，妨礙祢變成完整的鳥吧？」

「我自己……？」

這只是推測──良彥如此聲明過後，又再度問道：

「祢真的想變成鳥嗎？」

面對這個問題，倭建命倒抽一口氣。祂骨碌碌地轉動眼睛，彷彿在搜尋自己的腦海，接著搖搖晃晃地往後退。

「我、我的確……想變成鳥……這樣……就能獲得父皇的愛……」

說著，倭建命察覺到腦中有片散不去的靄氣。祂明明是述說事實，卻似乎少了什麼、有什麼盲點。

「我想祢真的認為，變成鳥或許可以獲得父親的愛；不過，要論祢是否真心想這麼做，恐怕不然吧？」

良彥代倭建命說出連祂自己也沒察覺的心聲。

「因為祢真正希望父親愛的，不是美麗的鳥。」

這是祂死後仍無法捨棄的孺慕之情。

「祢真正希望父親愛的，是倭建命這個人。」

良彥凝視著不人不鳥的昔日英雄。

「選擇這副模樣的是祢自己。」

倭建命愕然地睜大眼睛，呆立原地。

化為美麗的鳥，獲得父親的愛。

可是，祂又希望保留人形，維持兒子的模樣，被父親緊緊擁抱。

這兩種想法誠實地反映在身體上。

而其中一個理由卻被遺忘——

猶如緊繃的絲線斷裂，倭建命雙腿一軟跌坐在地。祂白色的翅膀顫抖著，發出無法克制的嗚咽聲。

「……我知道……我知道這樣很傻……事到如今，獲得父皇的愛根本是遙不可及的夢想！期待變成鳥就能達成心願、拋不下在世為人時的感情，全都傻得可以……」

倭建命追溯著逐漸鮮明的記憶，一點一滴地吐露心聲。

「到頭來，我還是捨不得這張臉……」

雖然想變成鳥，卻踏不出最後一步。不知不覺間，祂連自己的猶疑都遺忘了。

「我還是希望父皇愛的是身為人的我！」

良彥聆聽著帶淚的告白，靜靜握緊拳頭。在遙遠的異鄉殞命，為了回鄉不惜化為白鳥，甚至在成神之後，依然期望被父親所愛。這份為人子的感情，帶著重量與痛楚滲進良彥的心。

「……希望父親愛的是身為人類的祢，固然是一個理由。不過，我認為只有頭部保留人形，應該另有理由。」

良彥緩緩在倭建命身旁蹲下。

「……另有理由？」

「對。我是不知道有多像啦……」

良彥凝視著祂淚漣漣的臉龐說道：

「如果祢變成完整的鳥，留在祢臉上的父親面容也會跟著消失，對吧？」

聽了這句話，倭建命連眼睛也忘記眨，頓時瞪大雙眼。

「所以祢才下意識地避免吧？」

倭建命的雙眼流下新的水滴。祂想說話卻無法成聲，嘴角不斷顫抖。

這是父親唯一留下的父子證明。

「雖然我並未實際比較過……」

黃金緩緩開口，用黃綠色雙眼望著倭建命。

「我記得祢和祢的父皇長得很相像。」

倭建命忍著嗚咽頻頻點頭，宛若在肯定這句話。塑造自己身軀的血脈，用不可抗拒的力量展示著父子間的連繫。對於無法獲得父愛的祂而言，這張繼承自血脈的臉孔，任何事物都無法替代。

「……祢用不著變成鳥。」

良彥輕撫倭建命顫抖的翅膀。

「一切都過去了。」

對父親的怨恨、渴望被愛的心願，全都是陳年往事。見到父親的眼淚，祂已經原諒父親。其實祂早已放下。良彥撫摸倭建命的白色翅膀，猶豫著該對現在的祂說什麼。

現在該關心的不是過去。

「……之前阿華說過，這座神社是祢的皇妃和皇子建造的。」

聽了這句話，倭建命淚眼婆娑地抬起頭來。

「現在祢該關心的，是祢的妻兒吧？」

渴望父愛的少年如今被奉祀為神，而祂在世為人時，也曾娶妻生子。換句話說，眼前的祂已經為人父了。

良彥的腦海裡流過各式各樣的「父親」面容。

「我沒有小孩，說不出什麼大道理，不過……」

良彥苦笑著說道：

「祢有多麼希望父親愛祢，就可以多麼愛祢的孩子。」

祂可以自行孕育未能獲得的愛。或許這不是一件簡單的事，但只要這麼做，必定能夠再度銜接起來。

在父子之間相傳的過去與未來。

「愛我的孩子……」

倭建命喃喃說道。那雙聰慧的眼眸似乎重現光芒，良彥不禁眨了眨眼。

「……是啊，我居然忘了。莫說我的孩子，既然我被奉祀為神，就該愛所有凡人。」

倭建命用細小的腳緩緩站起來，自嘲地笑了。

「這樣的我要愛我的孩子和凡人，或許是不自量力……」

「才不會呢。」

良彥委婉地否定，又輕拍倭建命的背部，替祂打氣。

「愛本來就不自量力。」

聽良彥這麼說，倭建命愣了愣，隔數秒才緩緩地吐了口氣。接著，逐漸湧上的笑意讓祂渾身顫抖。祂發出開朗的笑聲，周圍彷彿被一股芳醇的香味籠罩。

「愛不自量力？或許真是如此。」

倭建命一說完這句話，覆蓋全身的羽毛突然倒豎，身體開始發光。

「喂、喂！」

就在良彥為了突然發生的現象感到困惑之際，光芒變得越發強烈，並包覆倭建命的全身，隨即迸裂開來，飛散於空中。忍不住轉開臉的良彥戰戰兢兢地睜開眼睛，只見大量的白色羽毛如雪花般從暮夏的藍天飄落。在這幅不可思議的光景之中，有個青年單膝跪地，愣愣地凝視自己的雙手。

帶有光澤的白衣，象徵勇猛戰士的金色胸甲，引人注目的壯碩肩膀與骨節分明的手。

不久，倭建命緩緩站起來，雙腳威武地踩著大地。雙眼炯炯有神的祂，確確實實是至今仍被傳頌的英雄。

「差、差使兄，這究竟是……」

祂似乎不敢相信這幅光景，詫異地環顧自己的身體。

「我都已經做好再也無法恢復人形的心理準備……」

比倭建命更加一頭霧水的良彥茫然呆立片刻，才苦笑著盤起手臂。

「真是的，幹什麼用這種王子般的派頭恢復原形啊？」

為何會引發這種現象，良彥不明白。唯一可以確定的是，祂是打從心底希望恢復原形。

「嗯，話說回來，祢還是這副模樣比較帥。」

良彥目不轉睛地望著倭建命，如此說道。

沐浴在飄落的羽毛之中，昔日皇子帶有淚痕的臉龐露出靦腆的笑容。

⛩

「良彥！妾聽說了，良彥！你已經順利完成倭建命的差事？」

當天晚上，正當打工歸來的良彥抱著膝蓋坐在自己房裡時，阿華來訪。

「剛才妾順路去倭建命的神社一趟，祂已經變回人形了。這下子凡間流傳的神話就不會改變。你完美地達成差使的使命，曾經交辦差事的妾也與有榮焉啊！」

阿華興高采烈地說完這番話，見良彥依然悶悶不樂，不禁歪頭納悶。

「……怎麼了？良彥吃壞肚子啦？」

阿華詫異地回頭望著床上的黃金。至於良彥則是抱膝坐在書架前，散發著陰鬱的氣息。

「他沒吃壞肚子，只是受到現實的打擊而已。」

黃金啼笑皆非地說道，良彥用充滿負面能量的背聆聽祂的話語。

完成倭建命交辦的差事，宣之言書也蓋上白鳥朱印之後，良彥直接去打工，結果發現一個驚人的事實。

「咦？遠藤不是計時人員，是正職員工？」

良彥在事務所裡和組長聊起昨天遇見遠藤與他太太時，意外得知此事。

「是啊，我沒說過嗎？他現在只是來現場研習，下個月就要回總公司工作了。他在這種尷尬的時期進公司，總務的和田花了好一番功夫才調整好日程……」

組長拿著咖啡悠哉地說道，他的聲音在良彥耳裡聽來顯得十分遙遠。

「……我一直以為他是計時人員……」

遠藤的年紀比良彥小，所以良彥一直以為他是後進的計時人員。就「後進」這一點而言或許沒錯，但是計時人員和正職員工可有天壤之別。唯有這一點，無論良彥如何裝腔作勢都無法推翻。

「哎呀，萩原，當計時人員要怎麼養活老婆和小孩呢？」

組長吊兒郎當地施展鋒利一擊。良彥一時語塞，只能嘶啞地說道：「是啊。」

「萩原，你還年輕，也該好好考慮一下將來了。」

組長笑著落井下石，良彥只能雙眼發直，露出抽搐的笑容。

「搞什麼，那個什麼正職員工來著的，是比差使更加光榮的職務嗎？」

從黃金口中得知來龍去脈的阿華，對著良彥的背問道。

「……至少有交通津貼和固定薪水。」

「差使的名譽可是用錢買不到的啊！」

「人類不能光靠名譽填飽肚皮！」

這股敗北感是怎麼回事？良彥垂頭喪氣地思索。打工至今一年多，思及自己七月便年滿二十五歲，他的確該認真考慮將來了。不過，現在的打工排班較有彈性，方便身為差使的他四處奔走。比起一週五天從早到晚都得被綁在公司裡的上班族，行動要來得自由許多。

「……可是，差使沒有員工福利……」

良彥沉吟著。非但如此，他在人類世界中的社會身分依然是打工族。

「這樣社會觀感不太好吧？再這樣下去，搞不好我結不了婚耶！再說，要是生了孩子，光靠打工根本養不起！」

「放心吧，良彥。」

阿華對著一面妄想一面嚷嚷的良彥微微一笑。

「現在的你別說孩子，連共結連理的對象都沒有啊！」

聞言，黃金垂下耳朵裝作沒聽見，視線在半空中游移。

「……說、說得也是！現在操這種心也沒用嘛！」

「是啊。凡人的未來如同白紙，娶不娶妻、生不生子都是你的自由，有什麼好怕的？」

「就是說啊！搞不好我會一輩子單身當差使。既然如此，是不是打工族根本不重要……」

之後，被自己的一番話擊潰的良彥再度抱膝面壁而坐，好一陣子一動也不動。

要點
神明講座 2

倭比賣命送給倭建命的草薙劍是把什麼樣的劍？

草薙劍在《日本書紀》中亦稱為天叢雲劍，是須佐之男命擊退八岐大蛇時，從牠的尾巴取出來的劍。不過，由於這把劍靈氣逼人，須佐之男命認為自己不該擁有，便把劍獻給姊姊天照太御神。

後來，天孫下凡之際，這把劍便交給邇邇藝命；由豐鍬入姬命及倭比賣命兩位皇女繼承之後，又轉移到奉命東征的倭建命手上。

倭建命殞命之際，劍由祂在尾張國娶的妻子美夜受比賣代為保管。幾年後，美夜受比賣蓋了座神社來奉祀這把劍，這座神社即是愛知縣的熱田神宮。據說至今草薙劍仍供奉在神宮裡。

草薙劍又與八咫鏡、八尺瓊勾玉
並列三大神器而聞名。
由於是神器，所以有許多傳說。

三尊　大地主神病相思？

一

「自古以來，日本人便認為土地即是神明，凡人是向神明借地耕田、建造房屋。因此，動土之前，必須先徵求神明的允許，這就是現在所謂的『地鎮祭』。」

九月上旬，白天仍殘留夏季的暑氣。就在這個時候，宣之言書又浮現新的神名。

「日本的大地即是神像，絕非凡人可以擅自更動。如今凡人居然蓋了一堆石造建築，連草木生長的空間也不留，還鋪了許多烏漆抹黑的馬路，甚至為了水和燃料而打深樁……國魂不知為此感到多麼痛苦！」

「黃金、黃金，祢離題了。」

良彥委婉地制止邊走邊發表長篇大論的黃金。平日的午後，由於距離觀光地甚遠，與大主神社隔著大主山相望的東側住宅區裡人影稀疏。大主神社的氏子大多居住在這個區域，舉辦地鎮祭時，這一帶也有許多年輕人參加。

黃金回過神來，停下腳步，清了清喉嚨，收拾心緒之後，才再度邁開腳步。

「總、總而言之，地鎮祭便是如此重要的神事。主要的祭祀對象是當地的產土神（註4）或氏神，而其中最不可忽略的就是土地神，也稱為地主神。」

「土地神……」

走在後頭望著黃金金色屁股的良彥再次打開宣之言書。

「正式名稱是大地主神，為了保護日本的大地，各自坐鎮於自己的地盤。也因此，常以地區名稱冠頭稱呼。」

黃金回過頭來，一輛建築公司的卡車低速超過祂。垂眼看著宣之言書的良彥沉吟道：

「怪不得名字這麼奇怪。居然叫『大主地帶的大地主神』……」

由於名字實在太過含糊，良彥剛看到時忍不住思索了幾秒鐘。不過，思及日本各地都有名為大地主神的神明，這種寫法倒是挺體貼的。如果能把住在幾號幾巷也一併寫明，就更加感激不盡了。

「順道一提，大地主神並未在《古事記》和《日本書紀》中登場。《古語拾遺》好像有稍

註4：指出生地的守護神。

微提及。大地主神的民間信仰色彩較為濃厚，因此信仰方式五花八門，神明本身的性格也是形形色色……」

黃金停下腳步，半是嘆息地說道。祂的視線向著路邊前方、隔兩棟房屋的土地，那兒似乎要蓋新房子，剛才追過黃金的卡車就停在前頭，大型重機械正在空地上施工。看他們在挖土，似乎是在打地基。

「……唔？」

良彥循著黃金的視線眺望這一幕，突然發現有個小女孩混在頭戴安全帽的建築工人之間。他本來以為是附近的小孩，但小女孩身上穿的是牡丹色的大花圖樣振袖（註5），金絲腰帶上搭配鮮綠色的帶揚。又不是正月，小學一、二年級的小孩會穿成這樣在外頭走動嗎？更何況那個小女孩還比手畫腳地指揮現場工人。

「喂！不是叫你們挖的時候動作放輕一點嗎？別以為辦了地鎮祭就可以為所欲為！啊！我已經說過了，那邊以前有塚，小心點挖！」

不過，頭戴安全帽的男人們似乎完全沒聽見小女孩的聲音，只是默默地施工。這段期間內，小女孩的嚷嚷聲未曾間斷，夾雜在重機械的聲音之中，傳到良彥的耳朵裡。

「……黃金，那該不會就是……」

身穿振袖的小女孩走到重機械前，指著地面一角向操作者抗議。雖然身材嬌小，但跺地憤慨的模樣相當驚人。

黃金豎起耳朵，有些厭倦地說道：

「祂就是以這一帶為地盤的大主地帶的大地主神……」

⛩

「我還在想這陣子怎麼沒看見狐狸，原來跑去差使那兒啦？」

工地現場周圍有好幾條通往大主山的道路，每條都是小路，而且最後都是階梯，無法乘車入山。整座山都是大主神社的神域，採取這種措施也是理所當然的。

「別來無恙？」

註5：振袖是一種日本女性傳統禮服，特色為長長的袖襬，通常為未婚年輕女性的穿著。下文的「帶揚」是用來調整腰帶形狀、固定打結處的襯帶。

良彥等人走上石階，兩旁是蓋在斜坡上的老舊民宅。來到樹林覆蓋的石版步道，黃金五味雜陳地回頭看著大地主神。

「嗯，無恙。我可沒覺得『囉唆的狐狸不在，耳根子清靜多了』喔！」

「祢還是一樣老實過頭。」

「要是我一把抱住祢，說我很想念祢，祢還不是會覺得噁心？哎，不過抱起來應該挺舒服的就是了。」

「呃、呃……」

良彥硬生生地插入毛茸茸狐狸和倔強小女孩之間的對話。再讓祂們說下去，良彥會完全被晾在一旁。

「祢們認識……？」

狐狸和小女孩——良彥目不轉睛地打量這對乍看之下充滿童話氣息的組合。

黃金一臉不快地瞥了大地主神一眼，開口說道：

「是舊識。坐鎮這座山的是大主之神，但是打從神社尚未興建前，大地主神便已經在這裡守護這一帶的土地。早在我住進四石社之前，這裡就是祂的地盤。」

黃金的黃綠色雙眼在樹葉遮蔽陽光的幽暗小徑上閃閃發光。大地主神接過祂的話頭，繼續說道：

「所以凡人要動土，得先過我這一關。」

大地主神搖晃著在頭頂附近高高束起的頭髮，盤起手臂說道。乍看之下，祂是個可愛的小女孩，眼神卻十分銳利。

「我和狐狸是搶供品的老交情了。記得幾十年前，我猜拳贏了祂，拿到豆沙大福的時候，祂可氣惱的呢！」

「那、那是我上了祢的當！祢明明知道我情急之下只會出石頭！」

大地主神無視慌張的黃金，啼笑皆非地嘆口氣，仰望良彥。

「明明說要隱居，但只要帶著可口的點心去找祂，祂就會大搖大擺地跑出來。從前祂好歹還有點威嚴……」

「……哎，現在祂遠遠看上去，就像隻有點胖的柴犬……」

看著全身圓滾滾的黃金，良彥心有戚戚焉地附和。看來祂的貪吃習性始於從前。

「良彥，別被祂牽著鼻子走。祂從以前就很伶牙俐齒。」

黃金一臉不快地忠告。聞言，大地主神露出從容的笑容。

「是啊，只有這張嘴沒變，個子倒是縮水許多。」

「咦？啊，祢這副模樣果然是因為力量衰退嗎？」

這麼一提，在水井裡相識的泣澤女神也變成小女孩模樣。良彥再度打量大地主神，想像過去充滿力量時的祂。這個略帶稚嫩之色但看來十分倔強的小女孩，從前必然是個大美女。

「凡人越來越多，大地遭到挖掘，石造建築物與日俱增，我的力量也日益衰退。不過，現在這副模樣很可愛，倒也不壞。」

大地主神張闔著自己小巧的掌心，目不轉睛地望著稚嫩的手。良彥判斷不出這是祂的真心話，或是逞強。

「我們土地神的力量來源，就是住在土地上的凡人所懷的感謝和敬畏之心，這一點和其他神明並無二致。其中，我們格外重視地鎮祭。神明把土地借給凡人使用，凡人自然該盡到應有的禮數。不過，這年頭居然有些不肖之徒連地鎮祭也不辦便隨意挖土。下回再讓我遇見，我就照三餐在他的鞋子裡加些摻雜碎石的沙子……」

大地主神隨口吐露祂那瑣碎又不起眼的整人方式，並望著良彥。

「差使，你是來辦理我的差事吧？」

祂的視線令良彥感受到一股莫名的惡寒，戰戰兢兢地問道：

「祢、祢該不會是要我對付那些不肖之徒吧……？」

如果只是在鞋子裡放小石頭倒還容易，要督促對方反省可就困難了。話說回來，倘若神明交辦的差事是在鞋子裡放小石頭，還真令人五味雜陳。

「放心吧。你只是個凡人，我不會交代你做這種事。我要交代的是更有建設性的事。」

「更有建設性的事……？」

良彥歪頭反問，大地主神面露微笑說道：

「最近我發現一個有前途的神職人員。所以，我希望今後大主地帶的所有地鎮祭，都由他來主持。」

說著，祂細長的手指指向山地彼端的神社。

「他的名字叫藤波孝太郎。」

⛩

一般而言，地鎮祭始於淨化列席者及供品。

之後則是迎接神明的迎神儀式、獻饌、上奏祝詞等等。在孝太郎成為神職人員之後初次主持的地鎮祭中，降駕的神明就是大主地帶的大地主神。當時，他那俐落的動作、對待供品的恭謹，以及上奏祝詞時的真誠態度，總之一切都獲得大地主神的賞識。

「之後我又應他之請降駕好幾次，迎神迎得如此舒適的神職人員實在少之又少。前幾天他念完祝詞，我還忍不住喊了『安可』呢！」

沿著山中步道前往大主神社的途中，大地主神一面陶醉地嘆息一面說道。

「祝詞的安可……」

良彥踩著上坡道上的落葉，喃喃說道。上奏祝詞的當事人應該也沒料到神明會對他喊安可吧？良彥知道孝太郎很受婆婆媽媽與氏子們的歡迎，但沒想到連神明也這麼喜歡他。

「那小子清濁並包的態度的確很難得。不偏不倚，遵循自己的中道而行。面對神明時，則是虔誠至極。我能明白祢為何欣賞他。」

黃金一面搖著尾巴行走一面贊同，臉上頗有得色。

「對吧？像他那麼有心的神職人員很少見了。如果可以，我希望只聽他的祝詞過活。」

「真的假的……」

看著得意洋洋的大地主神，良彥不禁低喃一聲。剛才祂告知差事內容時，包包裡的宣之言書已經發出受理的光芒。沒想到這件差事會扯上孝太郎。

「你叫良彥是吧？你認識那個神職人員？」

走在背後的大地主神拉了拉良彥的T恤。

「要說認不認識……嗯，是認識啦……」

「良彥和那個權禰宜是朋友。據他所言，是孽緣。」

黃金搶著替含糊其詞的良彥說明。

「什麼？那事情就好辦了。你好好跟他說，今後所有地鎮祭都要由他主持。這是大地主神的要求，他不會拒絕的。」

大地主神的表情就像心願已經達成一般，笑得心滿意足。良彥微微回頭看了祂一眼，抓了抓腦袋。的確，倘若表明是神明的要求，或許孝太郎會努力達成。他對於工作有多麼真誠，良彥再清楚不過了。

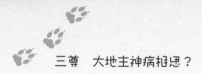

「要是這麼好辦，就不用辛苦了……」

「有什麼問題嗎？」

大地主神歪頭不解，良彥苦著臉告知：

「那小子不知道我是差使。」

打從高中相識時起，孝太郎周圍就有許多朋友，不分男女。他家是神社，常有女生央求他講靈異故事，但他總是只說些無關緊要的神社小插曲，從不誇大神明的力量。仔細想想，那時候的他已經顯露出超級現實主義者的傾向。

他雖然是侍奉神明之人，卻不像穗乃香那樣「看得見」。聽到鬼故事，他只覺得好玩；觀賞恐怖電影，便對導演的手法挑三揀四；看到靈異照片，則是品評最近的CG技術。面對為了求取力量而觸摸神木的人，他告訴對方那樣會傷到樹木，最好別摸；見到求神水的人，他則一本正經地勸告對方，飲用生水之前最好先煮沸；遇上認為身體不適是靈障造成的人，他會介紹附近的名醫。他堪稱是個破壞王，將前來神社這種非日常空間的人們下意識懷抱的願望盡數粉碎。可是，這樣的他卻又斬釘截鐵地斷定敬畏的神明的確存在，說來實在有點惡質。

連並非神職人員的一介高中生遙斗，都知道差使的存在，或許孝太郎知道也不足為奇。不過，認識了這麼久，良彥從未聽孝太郎提起過。如果良彥表明自己是差使，看不見黃金和大地主神的孝太郎鐵定會把他丟去身心科，搞不好還會介紹一個一等一的名醫給他。

「地鎮祭？」

越過山頭，步行抵達大主神社時，剛好在休息的孝太郎正在社務所裡享用別人贈送的年輪蛋糕。

「對。有規定由誰主持嗎？」

良彥打開職員出入用的拉門，在社務所裡坐下，一面接過孝太郎遞給他的年輪蛋糕一面詢問。平時這一帶禁止外人進出，但是神社職員全都認得良彥，把他當成自己人，所以他即使入內也不會受到責備。

「我們神社沒有特別規定由誰主持。之前是接了委託以後再決定由誰主持，現在改成輪流主持。」

社務所裡，孝太郎的權禰宜前輩正對著電腦工作，授予所裡則可看見巫女的身影。現在境內沒有香客，似乎是閒暇時段。

良彥感覺到狐狸與少女都在盯著他手上的年輪蛋糕，繼續詢問：

「這一帶的地鎮祭都是大主神社辦的嗎？」

「嗯，大多是……不過，最近地鎮祭多半經由住宅建設公司委託，全都由業者安排，所以有些業者會找自己有往來的神社舉辦。就算是個人委託，有的人不喜歡自己家附近的神社，便會跑去找其他神社。只是這樣有點像在搶地盤，所以即使有這類委託，我們通常也不會接。」

孝太郎坐在滾輪椅上，直盯著良彥瞧。

「話說回來，你問這個幹什麼？你家要改建？」

「不，不是啦……」

良彥含糊其詞，撇開視線。

「之、之前，有人看見你主持地鎮祭，說你表現得很好，所以我才在想，會不會一直由你負責……」

「喔？多謝讚美。」

也不知道是在哪裡買的，孝太郎用鳥居圖樣的馬克杯喝了口咖啡，吞下年輪蛋糕。

「如果有人指名，我會主持。不過，我也不能只顧著辦地鎮祭。要是不把所有神事都學會，繁忙期或有人請假的時候可就糟了。」

身為工作者，這是極為正確的心態。但是大地主神卻鼓起腮幫子，不悅地看著孝太郎。

「就、就是說啊！要專辦地鎮祭，的確有困難……」

良彥乾笑，大地主神踢了他的小腿一腳。突如其來的疼痛讓良彥忍不住屏住呼吸。

「什麼有困難！設法說服他是你的工作！」

「……人類也有人類的難處啦！」

良彥把臉湊到幾乎可和大地主神額頭相抵的距離，從緊咬的牙縫之間低聲反駁。黃金也常踢他，沒想到竟連大地主神亦如此。

「你只要表明差使的身分，說明原委即可。拖拖拉拉的做什麼！」

「就算跟這小子說明，他也不會相信！事情一定會變得很麻煩。」

「試一下又何妨！難道你打算就此打退堂鼓？這可是妾吩咐的差事耶！」

被一個小女孩在自己的鼻頭前破口大罵，良彥忍不住皺起臉來。他瞥了黃金一眼，只見黃金的注意力全放在他手中的年輪蛋糕上，根本沒把這場騷動放在眼裡。

「……呃、呃，孝太郎……」

懾於大地主神的氣勢，良彥戰戰兢兢地回頭望著背後的朋友。看樣子不開口問問看，大地主神不會罷休。

「……你……你知道差使嗎……？」

孝太郎正在閱讀年輪蛋糕盒裡的說明書，聞言抬起頭來。

「知道啊。」

聽他說得理所當然，良彥不禁啞然無語。

「……咦？你知道？」

「你竟然知道，我才意外呢。我以為你不看時代劇。」

「……啊？」

十袋鋸？聽了這個意料之外的回答，良彥的腦筋一時間轉不過來，如此反問。孝太郎拄著臉頰回望他。

「換句話說，就是御侍吧？」

「浴室？」

「御侍差使啊。」

「咦……浴室的差使……？」

「就是將軍的親信啊。」

「……將軍親信的浴室……？」

在理解這段雞同鴨講之前，良彥一再重複同樣的問題。

⛩

「從前，聽候神明的差遣辦事的凡人，本來稱之為『門生』或『侍人』，之後才改稱『差使』。後來凡人也跟著使用這個名稱。」

黃金一面啃著贏來的年輪蛋糕，一面淡淡地向坐在通往大主神社境內的石階上抱頭苦惱的良彥說明。後來，在孝太郎的殷殷解說下，良彥才知道江戶時代將軍的親信被稱為御侍差使。

到頭來，良彥完全沒機會說明自己的職務。

「再說，差使之事雖非機密，但縱使是神職人員，知道的也不多。那個權禰宜不知情，情有可原。」

「……話是沒錯，可是我沒想到他會回答我御侍差使的事……」

提起差使話題的是良彥，最後他只能聲稱自己最近迷上時代劇，眼神一面劇烈游移，一面謊稱：「就是將軍的親信吧？我知道啦！」連神明的神字都說不出來。

「真沒用。你真的是大神獨排眾議選上的差使嗎？」

良彥身邊的大地主神盤起手臂，用輕蔑的眼神俯視他。祂的外貌明明是個可愛的小女孩，卻擁有令人忍不住反射性道歉的魄力，究竟是怎麼回事？

「……哎呀，祢先冷靜一下。」

良彥越是撇開視線，大地主神越要窺探他的臉。良彥推開大地主神的臉，收拾心緒後清了清喉嚨。

「讓孝太郎主持地鎮祭和坦承我是差使是兩碼子事。大地主神的吩咐是今後都讓孝太郎主持這一帶的所有地鎮祭吧？只要達成這件事就夠了吧？」

「既然你敢這麼說，應該有什麼辦法？」

大地主神繞到良彥正前方蹲下來，凝視著良彥的雙眼不時閃動著濃綠色的光芒。良彥轉頭向黃金求救，但威嚴的方位神只是一臉眷戀地望著年輪蛋糕的塑膠包裝袋，所以良彥立刻打消了期待。

「……我們整理一下資訊吧。」

為了爭取時間，良彥如此說道。要孝太郎主持今後所有的地鎮祭顯然有困難，既然如此，只能各讓一步。

「孝太郎以外的神職人員也是誠心誠意地侍奉神明啊。再說，神職人員有很多工作，要特定人員專門負責部分神事，真的有困難啦！」

良彥就像在教導小孩道理，用勸解的口吻繼續說道：

「如果態度強硬一點，或許辦得到。可是，孝太郎是去別人家的神社奉職，受雇於人，不能想做什麼就做什麼。」

聞言，大地主神不悅地鼓起腮幫子。

「可是，妾的差事……」

「要是孝太郎為了這件事和神社鬧得不愉快，說不定會影響他家的神社和大主神社之間的關係。到時孝太郎能不能繼續留在這裡當神職人員，可就很難說了。」

聽了這句話，大地主神心下一驚，睜大眼睛。

「這……可不成。」

良彥露出菩薩般的笑容，不著痕跡地誘導女神。黃金用狐疑的目光看著這一幕。

「對吧？」

「話說回來，孝太郎到底哪裡好？祝詞誰來念不都一樣嗎？」

頭頂上的樹枝隨著橫渡天空的風沙沙擺動。大地主神緩緩站起來，走下兩階石階，面向前方喃喃說道：

「……聲音。」

祂微微回過頭來，髮絲在背上搖曳。

「他的聲音很好聽，和其他人不同，雖然蘊含敬畏卻又宛若傾訴，溫婉柔和。」

大地主神背著手，仰望頭頂上的樹木。

「迎神的時候，我和他四目相交……他有雙眼尾修長且沉著穩重的眼睛，像寧靜的湖水。還有，他準備供品時的動作也很俐落漂亮，連拿笏的姿態都英氣凜凜……」

大地主神陶醉地說道，並嘆了口氣，把玩放回前方的雙手。

「還、還有，進行神事時那張精悍的側臉也很好看。不過，神事一結束，他的表情立刻柔和下來，這種落差也很棒。孩子纏著他的時候，他總是不厭其煩地說明供品的用途。他選的狩衣顏色同樣很有品味。啊，他穿便服也好很看，身高剛剛好，看起來雖然瘦瘦的，肌肉卻很結實——」

「等、等等。」

良彥硬生生地打斷沒完沒了的孝太郎魅力講座。他以前好像曾在住在某座橋邊的龍神身上看過同樣的狀態。

「祢該不會是……」

看祂泛紅的臉頰和作夢般的溼潤雙眸，更是一目了然。

「愛上他了吧……？」

面對良彥的指摘，大地主神身體猛然一震，臉頰也變得越來越紅。

「……大地主神啊……祢是神智不清了嗎……？」

良彥身後的黃金無力地垂下頭。他們越聽越覺得孝太郎對大地主神而言，不只是欣賞的神職人員而已。

「不、不是！這才不是愛情！你們胡說什麼！」

面對黃金的白眼，大地主神立刻氣呼呼地否認。

「神豈會愛上凡人！我只是一靠近他就心跳加速罷了！」

說這句話的女神，臉頰直紅到耳根子，一點說服力也沒有。

「那小子真不是蓋的……」

良彥手肘抵膝、手掌拄著臉頰，一面賊笑一面嘀咕。嘀咕完後才發現事態變得更麻煩，再度抱頭苦惱。說來遺憾，這段戀情開花結果的難度實在太高了。

「死心吧，大地主神。對於神明而言，凡人宛如飄落的樹葉，又如流動的雨滴。更何況祢從未跟他說過話，他也看不見祢。」

黃金又把辦理阿華的差事時所說的那套話搬出來，凝視著大地主神勸道。

「縱使祢再怎麼單相思，對方可是凡人，不久後便會娶妻生子，而祢只能在一旁守候。」

「我、我知道！還有，要我說幾次祢才懂？這不是愛情！」

大地主神氣惱地跺地，瞪了黃金一眼。無論如何，這一點祂絕不妥協。

「哎，總之……」

良彥介入快打起來的兩神之間，把手放在大地主神的雙肩上。

「我現在知道祢有多麼欣賞孝太郎了，所以祢希望今後所有地鎮祭都由他主持，對吧？」

「沒錯。神事是不是由他主持，也會影響到精靈的活力。」

大地主神板著臉點點頭。

「妾也一樣，只要他在附近，力量就不可思議地泉湧而出……不過，妾又不能二十四小時黏著他。妾得巡邏地盤，而他也有他的工作……」

面對頭越來越低的女神，良彥抓抓腦袋。既然由孝太郎主持所有地鎮祭的事辦不到，至少得提出替代方案。

「哎，黃金，土地神一天也不能離開崗位嗎？」

聽了良彥的問題，黃金哼一聲，重新坐下，瞥他一眼。

「一天的話倒還無妨，精靈或眷屬可以代行其責。若是多達數日，或許會產生影響……」

你有什麼主意嗎——黃金帶著這般言下之意，歪頭看著良彥。良彥吐了口氣，下定決心轉向大地主神。

「一天，只有一天的話，我可以促成祢和孝太郎同行，這樣就算了結差事，如何？如果祢有什麼想和孝太郎一起去的地方，我也可以安排。」

事到如今，良彥只能採取這種手段。若是繼續打回票，不但無法達成差事，只怕連大地主神的感情也會就此被埋藏起來。良彥曾經目睹阿華的相思之苦，不願這種事發生。

「想和孝太郎一起去的地方……」

聽了良彥的提議，大地主神愣愣地重複。黃金望著祂，對良彥附耳問道：

「你這樣隨口打包票，沒問題嗎？」

「只要叫孝太郎把假日空下來就行了，當成是和我一起出去玩。」

和孝太郎一起出遊不是什麼稀奇的事。只是出了社會以後，次數相對減少了。久久一次的邀約，他應該會答應吧。

「什麼地方都行嗎？」

大地主神略帶顧慮地仰望良彥，如此詢問。

「什麼地方都行。畢竟地鎮祭的事我辦不到，總不能連這點心願都無法替祢完成。啊，不過祢可別說要去巴西之類的喔！」

紐約或澳洲也不行，良彥出不起旅費。最好是搭幾百圓的電車就可以到達的地方，但不知道祂有沒有這麼善體人意。

大地主神沉默下來，略微思索。不久後，祂喃喃說道：

「放心吧，是在附近……在西本願寺旁邊……」

「西本願寺？」

西本願寺是位於京都站附近的寺院。那一帶有什麼知名景點嗎？

「聽、聽說是新落成的，我一直想去看看。畢竟京都不靠海……」
大地主神的臉頰微微泛紅，雙眼不斷眨動說道：
「……水、水族館……」
瞬間，良彥面臨了得邀孝太郎兩個大男人一起去水族館的苦行。

二

京都水族館所在的梅小路公園，據說原本是平家一門的宅院。大火燒毀宅院之後，歷經一番波折，才建設這座坐擁草坪廣場及生態園區的廣大公園，用以紀念平安建都一千兩百年。幾年前，園區西端又蓋了一座水族館。良彥還記得這座水族館為了節省從大海運送海水的成本，使用的是人工海水，開幕當時造成了不小的轟動。
「……所以才要來水族館……」
應良彥之邀前來的穗乃香聽聞原委之後，望著走在前方的孝太郎背影。
星期六的梅小路公園裡，到處都是攜家帶眷的遊客。草坪廣場有幾個家庭坐在野餐墊上吃便當或是打羽毛球，享受假日時光。良彥實在難以接受跟孝太郎單獨前往水族館，便向穗乃香求助。畢竟三人同行，給人的觀感比較沒那麼詭異。再說，有個現任高中女生在場，無論是外觀看來或內心感覺起來都舒服多了。

「幸好妳來了……」

經過天花板使用大量木材的迎賓大廳，穿過看似剪票口的入口後，馬上到達展示區，裡頭匯集了棲息於京都河川的生物。趁孝太郎忙著觀賞藏身於石頭間的娃娃魚，良彥悄悄鬆了口氣。良彥以碰巧獲得三張門票為由邀請孝太郎同行時，孝太郎十分狐疑，但他似乎對這座水族館也有興趣，一口就答應。

「怎麼，你覺得娃娃魚很新奇嗎？從前在鴨川常看見，不過現在少了許多。」

良彥與孝太郎會合時，大地主神已經牢牢抓著孝太郎的右臂，依偎著他。看來祂八成事先跑到孝太郎家找他。良彥建議祂乾脆現身，祂卻說身為神明這樣就好，否決良彥的提議。

「……說歸說，祂還真興奮啊……」

大地主神依偎著孝太郎，一臉開心地仰望著他，並頻頻對他說話。不知是不是良彥多心，祂的個子似乎變高了些，頭髮也變得烏黑亮麗。雖然大地主神死不承認，但這應該就是愛情的力量吧。

「良彥！良彥你快看！有魚耶！」

興奮不已的神明還有一尊。

「最近的凡人居然做得出這種東西！」

「喂，黃金，別把手伸進去！」

黃金爬上水槽前的台階，從邊緣窺探水中，良彥連忙迅速將祂抓回。看來黃金同樣也是興致高昂。

「原來神明也覺得這種地方很新奇啊……」

被放下地板的黃金埋怨幾句，又跑到對面探頭探腦。目送祂離去的穗乃香嘴角露出笑意。

「祂好像也很開心……」

大地主神緊黏著孝太郎不放，其他女性遊客只是正巧站在孝太郎身邊，祂便投以憤懣的視線，詛咒對方：「當心我把妳家庭院定為貓的茅廁！」真是可怕的占有欲。

「哎，我也是頭一次來，還滿期待的。」

良彥知道這座水族館，但一直挪不出時間來。若不是藉由這機會，或許他永遠不會造訪。

「我、我也是第一次來……」

穗乃香避開入場的團體，往良彥靠近一步。穗乃香的無袖襯衫洋裝腰間有個同樣質地的蝴蝶結，穿在她身上非常好看。

「所以……我很高興你邀我來……」

穗乃香望著水槽，有些緊張地說道。丹寧材質的淡靛藍色是平時穗乃香鮮少選擇的顏色，格外襯托出她的白皙肌膚。

「呃……為了差事才邀妳來，抱歉。」

聽了穗乃香這番善體人意的話語，良彥突然萌生一股罪惡感，抓了抓腦袋。穗乃香和差事並無關係，但良彥老是拖她下水。

聞言，穗乃香連忙搖頭。

「……熱熱鬧鬧的，很開心。」

幾個孩子不顧父母的勸導，跑過樓層。水槽中的水清澈透明，讓人有種魚兒在空中游泳的錯覺。

「良彥、穗乃香，那邊有海豹。」

觀賞完娃娃魚的孝太郎指著參觀方向，向兩人招手。

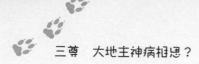

「別慢吞吞的，差使！快跟上！」

在依偎著孝太郎的大地主神催促下，良彥邁開腳步。不過，靠得太近祂又會嫌礙事，要保持自然的距離實在很難。

⛩

「……好可愛……」

離開海洋哺乳動物區，沿著參觀路線前往二樓的途中，有個可以觀賞陸上企鵝的斜坡區。小型的黑腳企鵝隔著壓克力板跑到跟前，一臉新奇地看著遊客。穗乃香似乎被牠們迷住，停下了腳步。

「喔，這就是企鵝啊？日本看不到這種鳥。」

穗乃香身邊的黃金用肉趾抵著壓克力板，窺探裡頭。

「鳥？這種圓滾滾的東西是鳥？」

站在穗乃香另一側的大地主神不可思議地望著不會飛的黑白花紋鳥。良彥讓出通道，背部倚著牆壁，望著一人二神的背影。這是一幅令心靈平靜的光景。

「良彥。」

就在良彥心情愉悅地望著高中女生、狐狸和小女孩的背影時，身旁的孝太郎小聲呼喚他。

「你別拿我當幌子。」

「……啊？」

良彥不解其意，目瞪口呆地反問。孝太郎啼笑皆非地看著從高中時代相識至今的老友，換了個說法。

「我是說，不要利用我來達成你的目的。」

聽了這句話，良彥不禁倒抽一口氣。良彥終究沒對孝太郎表明自己是差使，因此孝太郎無從得知這次的水族館之行是出於大地主神的希望。

「你連門票都準備好了，所以這次我才答應，但下不為例喔。」

「咦……等等，孝太郎，你怎麼……」

「我是很想支持你啦，可是真的有困難。」

到底是什麼時候穿幫的？不，重點在於孝太郎為何毫無疑問地答應同行？莫非他早就知道良彥是差使，只是良彥沒發現而已？

孝太郎無視手足無措的良彥，盤起手臂，裝模作樣地嘆了口氣。

「畢竟高中生實在是不妥當。」

良彥猶如突然聽見外國話般，張大嘴巴愣在原地。他聽不懂孝太郎在說什麼，為什麼突然提起高中生？大地主神看起來明明是個小學生年紀的小女孩啊。

「現在這個時代，年齡差距倒還無妨，可是對方未成年，你又是個打工族。」

「咦？等一下，我完全聽不懂你在說什麼。」

良彥打斷孝太郎的話語，手指抵著太陽穴。孝太郎瞥了入迷地看著企鵝的穗乃香一眼，小聲說道：

「你想追穗乃香吧？」

瞬間，良彥險些跪倒下來。

「……孝太郎，我可以扁你嗎？」

「咦？不是嗎？」

「大錯特錯！穗乃香只是……朋、朋友……」

良彥找不到適當的字眼，結結巴巴地回答。就看得見神明這層意義而言，或許該稱為「夥伴」比較正確。

「二十五歲的男人和高中女生交朋友，聽起來充滿猥褻的氣息。」

孝太郎冷冷地俯視支吾其詞的良彥，喃喃說道。

「我和穗乃香是十分健全的朋友關係！只不過，她常幫我的忙，我才邀她來……再說，你也認識她啊！」

「唔……」

孝太郎用顯然不相信的眼神看著良彥。良彥無法直視映入視野角落的穗乃香背影，視線四處游移。她的確很可愛，也是個好女孩。最近臉上開始出現表情，話也變多了。不過，她是個年紀比自己妹妹還小的高中生，光是這一點就足以讓良彥的心踩剎車。

「……換成是我，要是妹妹的男朋友是二十五歲的打工族，我也會有點擔心。」

這應該就是踩剎車的最大理由吧，良彥說這番話時也有自覺。過去的自己建立的成就全在兩年前崩塌潰散，成為差使之後雖然找到新的道路，但他仍未完全釋懷。或許，現在的他還沒有多餘的心力談戀愛。

「更何況是高中生……真的沒什麼啦！」

良彥說道，宛若在告誡自己一般。

「那就好。」

孝太郎背倚著牆壁，看著目光全被企鵝吸引的穗乃香。

「她是個多愁善感的女孩，你要多留意一點。」

「……我知道。」

良彥用略微嘶啞的聲音說道，點了點頭。

⛩

那一天，初次見到他的情景，大地主神至今仍然記得一清二楚。

某個大主神社的氏子要在祂的地盤裡改建房子，因此祂應迎請之聲降臨現場。當發出莊嚴警蹕聲（註6）的他抬起頭來時，大地主神的目光完全被那雙沉靜的眼眸吸引了。那個神職人員看不見自己，但依然深信神明就坐鎮於眼前，虔誠地主持神事。

高貴的女神用英氣凜凜的眼神望著他。

「……或許你自己不明白，每次你一來，精靈們便會騷動，連安靜的土地都開始喧鬧，草木也跟著喋喋不休。不過，神事一開始，又立刻變得鴉雀無聲。大家都想傾聽你的聲音。」

形形色色的魚兒悠游於巨大的水槽中。在水面上的燈光照耀下，看似沙丁魚的小魚群散發出銀色流星般的光芒。明知孝太郎聽不見，大地主神依然向著目光被這幅美景吸引的他，輕聲說道：

「孝太郎，你真是儀表堂堂。」

大地主神觸摸孝太郎肌肉適中的手臂。然而，孝太郎始終沒有回望身旁的女神。他眼裡映出的只有凡人看得見的現實世界。

「為何待在你身邊，胸口會如此發熱……」

小女孩仰望修長的他，發出的呢喃聲並未傳進任何人耳中，而是混入周圍的喧鬧聲裡，消失無蹤。

「……這顯然怪怪的吧？」

半透明的水母在嵌入牆裡的水槽中四處漂浮。水母群隨著水波蕩漾，猶如無數白雲。良彥站在牠們前方，望著窺探某個水槽的孝太郎背影，喃喃說道：

「祂的頭髮顏色和長度是不是變了啊？」

依然死守孝太郎左側的大地主神，對著撞到孝太郎的女性咒罵：「小心我在妳家庭院大量繁殖魚腥草，讓其他植物都長不出來！」而祂的模樣顯然有異。

註6：原指帝王出入時，在前清道阻止行人的人。在神事中，於「降神」、「昇神」之際，或是神轎要通過時，神職人員會先出聲，提醒眾人懷抱敬畏之心。

「個子好像也變高了……」

一同望著大地主神的穗乃香也訝異地歪著頭。剛進水族館時，大地主神的身高只到孝太郎的腰部，現在卻一口氣長高二十公分，腦袋已經到孝太郎的肩膀高度。高高束起的黑髮本來長度及背，現在卻濃密地延伸至腰部以下，散發出濃綠色的光澤。

「……而且變漂亮了……」

小女孩容貌的大地主神，如今已化為美麗的妙齡女子，鼻梁高挺的側臉在水槽燈光的照耀之下散發白皙的光芒，開心仰望孝太郎的眼眸點綴著翡翠般的深邃色彩，身上的和服也變得更加鮮豔亮麗。

「愛情的力量真偉大……」

良彥盤起手臂，感慨良多地說道。沒想到大地主神會產生如此顯著的變化，或許是希望在心上人面前展現美好一面的女人心所致吧。

見良彥出神地望著大地主神，穗乃香有些不滿地抿起嘴巴。

「是不是愛情的力量我不知道，只是，沒想到祂居然完全變了個樣。」

剛才還在珊瑚礁魚群區忘我地觀賞各色熱帶魚的黃金來到良彥腳邊，啼笑皆非地哼了一聲說道。

「那顯然是大地主神力量衰退前的模樣。」

聞言，良彥和穗乃香再度望向土地女神。

「力量衰退前的模樣……祂為什麼突然變回來了……？」

「應該只是暫時性的，或許是因為祂現在情緒高昂吧。居然對凡人如此痴迷，唉……」

黃金一臉無趣地說道，迅速走向下一個展示區。

「……我太小看戀愛中少女的力量了……」

良彥目送黃金的尾巴，抓抓頭。沒想到差事尚未結束，祂就恢復原貌了。

「啊！妳這個人剛才是故意碰到孝太郎的吧！故作親暱的無恥之徒……小心我讓妳家散發出惡臭！」

即使化為美女，說的話還是和剛認識時差不多。看著對碰巧站在孝太郎身旁的女性怒目相視的大地主神，良彥輕輕嘆口氣。

「話說回來，那股占有欲也是愛情造成的嗎……？」

良彥歪頭納悶，身旁的穗乃香把視線移向群聚於水槽中的水母。看著牠們與同胞一起隨心所欲地張開圓傘、悠閒漂浮的模樣，彷彿讓人們的時間也跟著變慢了。

「……那真的是愛情嗎……？」

穗乃香望著水母水槽，喃喃說道。

聞言，良彥回頭看著她。

「……妳發現了什麼嗎？」

穗乃香困惑地觸摸水槽表面。水母們搖晃著透明的身體，在箱中大海游泳。只要鹽分濃度稍微改變，柔軟的皮層便會輕易地溶解於水中。

「我覺得……如果是愛情，應該會想觸摸對方、和對方說話……」

穗乃香那張如人偶般端正的臉龐，反映在壓克力板上。

「觸摸對方、和對方說話……」

良彥的視線前方，大地主神正仰望著孝太郎。祂的眼神之中似乎帶有苦惱之色。

三

「現在還要回去上夜班，你是工作狂啊？」

欣賞完海豚秀之後，良彥一行人在下午四點多離開水族館。孝太郎表示他要直接回神社，良彥等人也跟著他搭上地下鐵。

「星期六我本來就沒放假，只是調整班表，讓我可以傍晚再開始上班而已。」

轉搭民營鐵路，在出町柳站下車，孝太郎熟門熟路地走上通往地上出口的樓梯。

「原來是這樣……」

良彥以為孝太郎放假，原來他只是配合自己的行程而已。良彥感到莫名歉疚，望著走在前頭的孝太郎背影。或許孝太郎以為良彥需要與穗乃香一同出遊的藉口，才專程挪出空檔作陪。

「你們不用陪我，找個地方喝杯飲料吧？」

走出地下道，孝太郎回頭看著良彥和穗乃香，並指著站前的速食店。

「叫朋友休息，自己卻回去侍奉神明……不愧是妾欣賞的男人。」

孝太郎左邊的大地主神自豪地依偎著他。變得鮮豔亮麗的和服衣襬變長了，在地上拖曳。見了這副模樣，實在難以聯想到彼此剛見面時的那個小女孩。

「Excuse me……對不起。」

就在良彥與穗乃香默默地互使眼色，探詢是否該跟著孝太郎回到大主神社之際，有道客客氣氣的聲音叫住他們。孝太郎回過頭來，只見一對背著巨大背包的外國男女手拿地圖，一臉困惑地站在眼前。

「I want to go to the Kinkakuji。巴士，在哪裡……？」

男性具備凌駕孝太郎的身高與深邃的輪廓，女性則擁有一頭美麗的金髮。被觀光客問路是家常便飯，但對方是外國人，不懂英語的良彥忍不住緊張起來。

「喔，金閣寺嗎？」

或許是因為平日就常接待形形色色的香客，孝太郎對答如流。

「It is a bus stop on the opposite side. However, admission time is up to five o'clock……」

孝太郎的口中冒出流利的英文，令良彥大吃一驚，忍不住凝視眼前的朋友。高中時代，孝太郎的英文並不強，究竟是什麼時候學的？

「差、差使，孝太郎怎麼念起詭異的咒文來了……？」

大地主神忍不住靠近良彥，小聲詢問。看來祂對於英文也一樣沒有抵抗力。

「那不是咒文，是英文。是外國話。」

「英文？」

大地主神戰戰兢兢地回頭望著孝太郎。

「……聽說不只藤波先生，所有神職人員都有學英文，以便進行簡單的說明……」

良彥身邊的穗乃香突然憶起這件事，如此說道。外國觀光客越來越多，或許這是極為自然的演變。

「喔，除了平日的神事以外，連這方面的努力也毫不懈怠。某人真該好好學習。」

黃金投以糾纏的視線，良彥默默無語地撇開眼睛。他有種強烈的感覺，孝太郎鐵定是為了增加香客、提升收益這類現實的目標而努力。

「……原來如此，孝太郎對外國人也很親切……」

外國人說了聲「Thank you」揮手道別。孝太郎也舉起手來，目送他們離去。大地主神呆立原地，凝視著他的背影。

回到神社以後，孝太郎先是在手水舍邊被婆婆媽媽氏子們叫住，收下蔬菜及水果等禮物，並和她們談天說笑幾分鐘。待他巧妙地脫身之後，便換上裝束，替年邁香客纏著發問的巫女解圍，之後又受神職前輩之託，簡單地修補參集殿的屋簷排水管。大地主神和尾隨在後的良彥等人，一起鉅細靡遺地觀察他的行動。

大地主神已經變回小女孩模樣，雖然跟在忙碌奔走的孝太郎身後，卻不再緊黏著他不放，只是隔著一段距離，亦步亦趨地隨他四處走動。

「良彥，我們要看到什麼時候才行？」

良彥找不到一同前往神社的藉口，只好先假意解散，再偷偷摸摸地跟來，躲在境內一角看著觀察孝太郎的大地主神。

「當然是看到大地主神和孝太郎的約會結束為止啊！」

雖曾歷經一番波折，但他們說好以和孝太郎出遊為條件，了結這樁差事。換句話說，現在仍是差事途中，良彥不能就這麼回去。

「……這麼一提，大地主神夫人起先交代的差事是地鎮祭，對吧……？」

穗乃香在石階中段坐了下來，小聲詢問。

「是啊。祂希望今後所有的地鎮祭都由孝太郎主持，不過這是不可能的，所以才改成和孝太郎一起去祂喜歡的地方玩一天……」

黃金坐在良彥的上一階，一臉無聊地打呵欠。穗乃香莞爾一笑，開口說道：

「……祂是想獨占藤波先生？」

「嗯，是啊。雖然祂堅持不是愛情，卻又說一靠近孝太郎就心跳加速……」

此時，良彥突然浮現一個疑問，回頭詢問黃金：

「哎，黃金，剛才大地主神恢復了原來的面貌，對吧？祢說是因為祂情緒高昂，這種情形很常見嗎？」

當時良彥以一句「戀愛中少女的力量」帶過，但回頭想想，其實很不可思議。黃金打直前腳，伸了個懶腰，又在原地重新坐下。

「說什麼常不常見，你自己不也見過好幾次嗎？像是一言主大神和大神靈龍王。」經祂這麼一說，良彥回憶起辦理兩神差事時的情形。他的確見識過將自己放在掌心上的一言主大神，以及存在感遠遠壓過唐橋的龍神。

「可是，當時的狀況和只是跟孝太郎一起逛水族館，未免相差太多……」

一言主大神是出於無比的歡喜，而阿華是頭一次違背了「神明向來蠻橫無理」的論調。這些狀況居然和與孝太郎出遊位於同一層級，良彥實在難以信服。

「良彥，你已經升任為正式差使，居然還問這麼基本的問題？」

黃金傻眼地看著良彥，清了清喉嚨。

「神明接收凡人的心意。無論是獻饌、祈禱或話語，神明都能將其中蘊含的心意化為力量。以那個權禰宜的情況而言，或許他平日就散發著對神明的心意，而大地主神也感受到了這份心意。」

「對神明的心意……」

良彥喃喃說道，盤起手臂。如果是愛情，應該會想觸摸對方、和對方說話——穗乃香的這番話閃過腦海。他本來深信大地主神想獨占孝太郎是出於愛情……

「……莫非……」

良彥帶著某種確信站了起來，尋找大地主神的身影。

⛩

別走。

不知祂對身穿裝束的背影如此呼喚過多少次？

求求你，留下來。

說著，祂抓住了他的手臂，但他眼裡並未映出自己的身影。他的話語明明如此撫慰這顆傷痕累累的心——

留不住日益消散的力量，每當凡人擅自挖掘大地，身子便痛苦不堪。鐵刃將土壤挖起，失去棲身之所的弱小之聲在耳邊縈繞不去。祂們細聲哭訴著凡人連逃走的時間也不留，隨後便消失無蹤。

凡人是幾時變得如此傲慢？明知萬物皆有神明，卻以為自己是最強大的。棲息於土壤中、扎根於土地上的生命之聲，他們早已不再傾聽。全然不顧自己也必須仰賴大地維生。

「地鎮祭是用來向土地神打招呼，告訴祂我們要在這裡蓋房子。」

那一天，他對纏著自己不放的屋主小孩如此殷殷說明。

「不只神明，還有這塊土地上的各種生命和精靈。告訴祂們我們要施工了，請祂們保佑我們可以順利蓋好房子。」

他配合小孩的視線蹲下，裝束的衣襬垂到地面上。

「到了學校，你會和朋友打招呼吧？也會對鄰居說早安、說再見，對不對？我們對神明也會做同樣的事。」

「好奇怪喔！明明就看不見啊？」

面對這個天真無邪的問題，他露出了笑容。

「是啊。不過，很多事物都是看不見的，像是希望、愛，還有友誼，對吧？神明也一樣。

看不見，不代表祂不存在；看不見，不代表可以不尊重祂。」

不知何故，一個神職人員的話語竟讓祂怦然心動。

「正因為看不見，所以我們必須更加重視。」

——啊！

啊，這個凡人。

一定肯站在我這邊——

⛩

「大地主神！」

在大天宮通往山裡的小路途中，良彥終於發現女神的身影。太陽已然西斜，暮色降臨了樹林覆蓋的這一帶。小女孩的雙眼閃動著濃綠色光芒，視線捕捉了良彥。

「原來祢在這裡啊，孝太郎已經回社務所了。」

良彥身後是晚了一步才到的穗乃香和黃金。他們為了方便良彥說話，刻意保持一段距離。

「已經足夠了。妾總不能一直待在孝太郎身邊，妾也有妾的工作。」

大地主神露出平靜的目光，微微地嘆口氣。

「恢復睽違已久的模樣，妾也整理好心情了。無法把所有地鎮祭都交給他主持固然是個遺憾，不過，有他在大主神社侍奉神明，或許妾已該慶幸。」

祂的輕喃聲在暮色之中悄悄響起。祂看來宛若即將消失，令良彥感到不安。為了留住祂，良彥開口說道：

「我一直以為祢對孝太郎的思慕是出於愛情，但是我錯了。」

用不著觸摸他，用不著與他交談，只希望他待在身邊。

這種感情不是愛情，而是一種更為迫切的求助之情。

「祢覺得他不會棄妳不顧，對吧……？」

聽了良彥的話語，大地主神不發一語地垂下眼睛。

隨著年歲增長，身為土地神的自信逐漸減弱。

隨著柏油路及混凝土房屋增加，弱小生命的聲音逐漸被遺忘。

「……精靈、眷屬、樹木花草、野獸昆蟲，全都少了許多。」

大地主神把視線移至頭頂上。淡淡的傍晚天空從茂密的枝葉中顯露出來。

「這裡有大主山，已經勝過其他地方許多。可是有時候，我一想到自己有一天或許也會消失，還是害怕得不得了。」

黃金在良彥身後垂下耳朵，微微地搖了搖尾巴。身為同樣坐鎮於這座山的神，或許祂也心有戚戚焉。

「孝太郎的確儀表堂堂，不過更重要的是，我覺得他一定會站在我這邊。」

大地主神露出自嘲的笑容，吐了口氣。

「……話說回來，要承認自己心裡有多麼無助，實在是件難事。」

祂拚命否認是愛情，卻又不肯說出隱藏在背後的真相。良彥臆度大地主神的心情，閉上了嘴巴。神明的自尊心，寄託於人類身上的心願。如果孝太郎這樣的人變多，或許就不會再有和祂一樣強自壓抑寂寞之情的神明了。

「……我對地鎮祭一知半解，也不像那小子那麼了解神明，更不是神職人員……」

良彥握緊拳頭，尋找言詞。

「不過，不安的時候、痛苦的時候，我可以聽祢吐苦水。」

雖然擁有差使這個頭銜，但良彥並沒有特殊能力。連結宣之言書的緒帶一旦斷裂，他連神明的身影也看不見，只是個軟弱無力的人類。

「祢可以來我家，不然叫我一聲，我會立刻去找祢。」

要說這樣的自己能為祂做什麼？

「我不會忘記大地主神的存在。」

結果，他能說的只有這種老套的台詞。

大地主神不發一語，凝視良彥片刻之後，又瞥了黃金一眼，呵呵笑道：

「原來如此，難怪祢會被選為差使。」

帶有一絲涼意的風搖晃著覆蓋天空的綠葉，穿過良彥等人之間，宣告秋天的到來。

⛩

「哎，反正孝太郎就在附近，想見他的時候不用客氣，去找他就行了。」

為了送大地主神到祂現在的工作地點之一——興建中的房屋工地，良彥一行人從神社反方向下了大主山。路上，良彥拍了拍女神的肩膀鼓勵祂。

「也可以和穗乃香聊些女生話題。啊，不然把我家的食客借給祢也行。」

「什麼叫食客！別把我當成物品借來借去！」

「和穗乃香聊天應該很開心，不過方位神就免了，祂太囉唆。」

「什麼？」

良彥等人一面聊天一面彎過轉角，突然聽見一道聲音，不禁停下腳步。

「來，快排好！安全帽拿下來！」

工作結束，工人們準備回家。在工地前，一個中年男性正在召集工人。從短袖上衣露出來的手臂被日晒後的結實肌肉包裹著，白髮斑斑的頭髮剃得短短的，腳上穿著黑色的分趾鞋。看樣子，他似乎是管理工地的工頭。

「所有人都到齊了嗎？」

在這名男性的催促之下，脫下安全帽的年輕工人逐一在他身邊列隊。待所有人都排好之後，工頭轉向正在打地基的土地。

「感謝神明保佑我們這個禮拜的工作順利完成，沒出意外。謝謝！」

配合工頭的聲音，所有工人都一同低下頭來，說了聲謝謝。這種整齊劃一的動作讓人聯想到社團活動，良彥等人不禁望而出神。這麼一提，從前打棒球的時候，出入球場前也有行禮的習慣，或許意思差不多吧。

對於看不見的事物保持禮儀的心。

「明天好好休息，星期一再繼續加油！」

工人們一面聆聽工頭說話，一面把工具放到車上。目睹始末的黃金心滿意足地搖了尾巴。

「喔，工作完後懂得行禮，真是個了不起的工匠。如果現在還有這樣的凡人，人間倒也不是無藥——」

說到這兒，黃金發現大地主神居然愣在原地，狐疑地打住話頭。

「大、大地主神……」

大地主神凝視著與其他工人打趣說笑的工頭，渾身僵硬。見狀，良彥忍不住呼喚祂。什麼事讓祂如此震驚？

不久後，大地主神露出難以言喻的神色，嘆了口氣。

「……氣。」

「唔？」

良彥沒聽清楚，開口反問。

女神又說了一次，用陶醉又苦惱的聲音——

「好帥氣……」

祂的眼神似乎帶有之前談論孝太郎時的那種色彩，可是良彥多心？

「……難不成……」

良彥茫然地目送大地主神踩著雀躍的腳步離去，穗乃香則是困惑地說道：

「大地主神夫人該不會是……見一個……愛一個吧……？」

夜幕由東至西越發濃厚，黃金虛脫無力地垂下頭來，深深地嘆了口氣。

要點

神明講座 3

告訴我大地主神和地鎮祭的相關知識！

大地主神是在《古語拾遺》中登場的神明，本作中，將祂和俗稱的「土地神」及「地主神」當成同樣性質的神明。土地神信仰就和窮神一樣，屬於民間信仰的範疇，以各種形式在各地流傳。

為了鎮撫土地神而舉辦的地鎮祭歷史悠久，在《日本書紀》中，第三十三代推古天皇的時代就已經有「為建造藤原京而舉辦地鎮之祭」的記述。現在這類信仰逐漸淡化，地鎮祭也漸漸流於形式。不過對於每天都在危險場所工作的工人而言，這依然是種討吉利的重要活動。

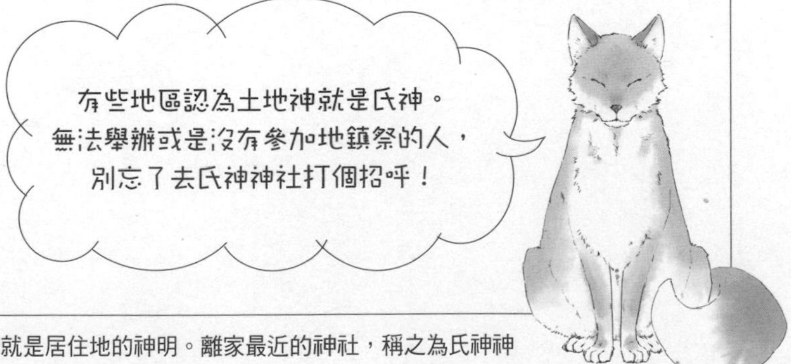
有些地區認為土地神就是氏神。
無法舉辦或是沒有參加地鎮祭的人，
別忘了去氏神神社打個招呼！

※ 氏神就是居住地的神明。離家最近的神社，稱之為氏神神社。

四尊　惠比公的草鞋

一

「祢看，惠比須老爺。」

為了尋找新的神社用地，喜助從淺海沙洲上的老家背著幼兒大小的神像，來到了被稱為「一棵松」的巨大松樹下。這一帶有著美麗的白色沙灘和一大片松樹林，格外巨大的一棵松對於漁夫和旅人而言，是個重要的標記。

「那些船幾乎都是要去難波津的。他們會先去津門採買糧食。」

喜助小心翼翼地將背上的神像放在沙灘上。從這個位置可以眺望成了錨地的港灣，白色沙灘、綠色松樹和藍色大海全都盡收眼底。

「這裡是個好地方。多虧了港口，商業很繁榮，往來的人也很多。雖然潮流複雜是個問題，但是常常可以捕到魚，甚至連神明也捕到了。」

喜助對著表情絲毫未變也不會說話的木造神像說笑。他出海捕魚的時候，在海裡發現了這尊來訪神，小心翼翼地修補損傷嚴重的雙腳之後，便一直把祂供奉在家裡。不過，他覺得繼續將神像留在家中是大不敬，便踏上旅途，尋找可以奉祀神像的新土地。

「那艘又大又氣派的船說不定是從大海的另一頭過來的。祢看見了嗎？惠比須老爺。」

他並不知道附在這尊神像裡的神明叫什麼名字，只是依循地方上的習俗，將來自大海的神明稱之為「惠比須」，誠心誠意地加以奉祀。至於這尊神因為什麼緣故、懷著什麼心情沉入海底，他更是一無所知。

——嗯，我看見了，喜助。

明知他聽不見，被稱為惠比須神的神明依然在神像裡如此回答。好幾艘船揚起白帆，在深入陸地的港灣中航行。

「我很喜歡這片由一棵松守護的沙灘，也喜歡陸地上的商人開設的熱鬧市集。這裡比京城好多了。」

喜助瞇起眼睛，和一般漁夫一樣晒得黝黑的軀體曝晒在初夏的太陽下。

「如果能夠永遠在這裡和惠必須老爺一起生活就好了。」

在海風吹拂下，一對細細的針葉從一棵松的樹枝飄落到神像上。喜助拿掉松葉，毫不厭倦地眺望著海上往來的船隻。

⛩

九月過半，刺人的夏日陽光終於緩和下來，早晚也多了些涼意。從明天星期六開始便是連續假期，路上行人似乎也帶有一股心浮氣躁的氣息。今天，良彥循著一大早便浮現於宣之言書上的神名，來到兵庫縣西宮市。

「……我搞不太懂。」

在架著石橋的境內神池畔，良彥按著右邊的太陽穴。下午三點過後的神社裡，香客寥寥無幾，沒有人會注意一個頭痛的青年。黃金告訴良彥，宣之言書上出現的神名「蛭兒大神」指的便是福神惠比須神，因此良彥想像的是有著一對大耳垂及圓潤身材的神明。

「這和我知道的惠比須神長得不一樣……」

良彥暫且閉上眼睛，又戰戰兢兢地睜開眼，但眼前的光景依舊未變。最近他剛遇見變為半人半鳥的日本英雄，但祂至少還保有倭建命的臉孔。可是，這回居然連分毫惠比須的模樣也沒有，究竟是怎麼回事？

「……馬？」

在阪神西宮站附近的神社裡迎接良彥與黃金的，是一匹矮種馬體型的小白馬。從鬃毛到體毛全都潔白如雪，只有眼睛是森林般的深綠色，高貴神聖的模樣令人不禁望而出神。然而，祂的脖子上卻掛著寫有「惠比須」的瓦楞紙板，表情悶悶不樂。

「……我也沒想到會以這副模樣和方位神老爺及差使兒見面……」

白馬垂下頭，有氣無力地說道。下一瞬間，祂衝到良彥眼前，開口懇求：

「請幫我找回主人！」

良彥一頭霧水，而宣之言書的受理光芒從包包隱約透出來。

這座神社的祭神蛭兒大神，就是俗稱的福神惠比須。惠比須神名列七福神之一，在關西地方，民眾更是帶著親愛之意稱呼祂為「惠比公」，虔誠敬拜這尊保佑生意興隆的福神。尤其是一月十日舉辦的「十日戎」，連新聞都會報導選福男等活動的盛況。

「找主人？這可玄了。祢不知道祂的行蹤嗎？」

白馬不斷把鼻水直流的鼻子湊上前來，就在良彥設法推開祂時，黃金歪了歪頭如此詢問。

「是的……昨天早上，我去叫蛭兒大神老爺起床的時候，房裡已經空空如也……我四處尋找，卻沒找到祂……」

被良彥推開臉龐的白馬把視線轉向黃金。

小白馬自稱「松葉」，是蛭兒大神的眷屬。說到眷屬，立場就和侍奉一言主大神的阿杏一樣。良彥為了躲避鼻水攻擊，和松葉拉開距離。他沒想到會在牧場以外的地方受到這種歡迎。

「那個瓦楞紙板又是什麼？」

良彥指著掛在松葉脖子上的物體。正確說來，是在不知道從哪撕來的瓦楞紙板上硬生生地開了個洞，把馬頭塞進洞裡。倘若這是松葉自製的，靠祂的馬蹄，頂多也只能這樣了。

「我怕身為福神的惠比須神不在，凡人會失望……所以才當祂的替身……」

「呃，神明失蹤了，祢還有心情顧慮這個……？」

良彥看著用拙劣字跡寫在瓦楞紙板上的「惠比須」三字，想必是松葉用嘴巴叼著筆辛苦寫下的吧？反正人類看不見，根本不成問題，這個眷屬也未免太一板一眼。不，也有可能是主人不在，使祂心慌意亂。

「話說回來，神明也會出門散心，才一天沒回來，不必這麼大驚小怪吧？我認識的國津神甚至在我家待了一個禮拜耶！」

對方可是神明。思及大國主神賴在自己家裡遊手好閒的情況，似乎沒什麼好擔心的。

「良彥說得也有道理……」

黃金坐在地面上，用黃綠色雙眼仰望松葉。

「有什麼令祢憂心之事嗎？」

聽黃金詢問，松葉動了動耳朵略微思索，隨即催促良彥等人隨祂走。

「蛭兒大神老爺出門的時候，一定會騎著我行動。祂不帶隨從獨自出門，本身就是件匪夷所思的事。」

松葉帶著良彥等人穿過紅漆柱子並列的拜殿，前往深處的本殿。走上拜殿前的階梯時，有種穿過透明薄膜的觸感，想必是結界吧。就像進入一言主大神的神社本殿時一樣，一走進結界，旁人便看不見良彥的身影。

「蛭兒大神老爺平時都在本殿深處的房間休息……」

位於石版路前方的本殿構造相當獨特，分成三個房間，似乎是因為這座神社除了蛭兒大神以外，還奉祀了其他兩尊神之故。松葉毫不遲疑地走向最右邊的房間，用鼻尖靈巧地拆下御簾，打開後方的原色木門。

「喔，整理得真乾淨啊。」

率先穿過門口的黃金環顧房裡，發出讚嘆之聲。這個房間約有五坪大，環繞牆邊的書架上放滿書本，幾乎都是線裝書。書籍並非豎立並排，而是橫放堆疊。除此之外，還有許多書卷及木箱，角落有一張寫字用的小桌子，高度不及一般床鋪的平台上鋪著一床棉被。以福神而言，生活可說是出奇地簡樸。

「啊，有Tolucky。」

良彥在架子上看見阪神虎的吉祥物，忍不住拿了起來。甲子園距離這裡有兩個車站遠，沒想到會在這裡看見這個玩意兒。

「那是凡人進獻的供品。蛭兒大神老爺非常重感情，總是把這些東西妥善地收藏起來。除此之外，這裡還有許多神寶，連我們這些眷屬也不清楚究竟有多少東西。」

松葉半是嘆息地環顧房裡。

「昨天早上我過來一看，房間裡只有這個盒子。」

良彥從架子下層拉出松葉用馬蹄指示的黑色盒子。

那是個富有光澤的漆盒，就連外行人也看得出價值不菲。表面是金粉繪製的松林圖案，大小比A4略大，蓋子用紅色細繩綁住以免滑落。

「這裡頭是什麼？」

「是空的。我來的時候，蓋子就已經是打開的了。」

良彥打開蓋子確認，裡頭確實空無一物。不過，不知何故，底部留有一根看似稻草的東西，以及一對枯成褐色的松葉。

「祢知道本來裝了什麼嗎？」

黃金一臉新奇地窺探良彥手中的盒子。松葉歪了歪頭，試著回憶。

「我記得裡頭放了雙草鞋……」

「草鞋？腳上穿的那個嗎？」

「對，不知道是什麼由來。從盒子看來，應該是神寶……」

聞言，良彥歪頭納悶。和剛才的一番話合起來判斷，似乎沒有什麼值得詫異或擔心之處。

「這麼說來，蛭兒大神是穿著這裡頭的草鞋出門的囉？」

雖然不知道祂前往何方，但是可以得到這個結論。然而，黃金率先搖頭否定良彥的話語。

「不可能……不見的是草鞋，確實令人費解。」

松葉也點頭同意。

「……是啊！偏偏帶著草鞋消失無蹤，實在太奇怪了。我擔心祂被捲入什麼意料之外的風波……」

「咦？什麼？怎麼回事？」

良彥跟不上話題，交互打量狐神與神馬。如果可以，希望祂們也能替自己說明一下。

「簡單地說，松葉的主人穿著草鞋外出的可能性近乎於零。」

黃金有些啼笑皆非地仰望頭上冒出問號的良彥。

「良彥，蛭兒大神不會走路。」

卄

良彥造訪西宮時，穗乃香已經上完第五堂課離開了學校。今天母親交代她取回送去更換電池的手錶，她必須先去鐘錶店一趟。

穗乃香搭乘電車來到最近的出町柳站，走過高野川與鴨川匯流的三角洲，前往正前方的商店街。然而，當她為了穿越河原町路而等待紅綠燈時，突然發現眼前的景象與平日不同。前頭的日式點心店向來是大排長龍，可是今天就連商店街也熱鬧萬分。一成不變的拱廊商店街並沒有任何足以吸引觀光客目光的事物，但現在入口附近卻擠得水洩不通，足可媲美祇園祭的四条大道。

「……今天有大拍賣嗎……？」

商店街裡有父母朋友的店，穗乃香平時也常來，但從沒見過平日的傍晚如此人潮洶湧。號誌轉為綠燈，穗乃香走過斑馬線。這種熱鬧的景象讓她遲疑了一瞬間，最後她還是下定決心，闖進人群中。

商店街裡，平凡無奇的蔬果店與百圓商品店比鄰而立，每間店的客人都不少。除了貌似觀光客的外國人以外，還有當地居民與學生，只要稍不留意就會撞上別人的肩膀。穗乃香全力縮起身子，一來到目的地的店門前，立刻打開玻璃門，逃離人潮。

「啊，穗乃香，歡迎光臨！」

店裡的女性察覺客人上門，笑咪咪地抬起頭來。

「午、午安……」

這間販售鐘錶及助聽器等物品的商店是由母親的朋友打理，穗乃香從小就認識對方。

「妳是來拿手錶的吧？妳媽有打電話給我。等一下。」

穗乃香還未說明，母親的朋友便已明白她的來意，自行去取物品。這位婦人向來多話，穗乃香通常沒有插嘴的餘地。不過，她從以前就是這樣，穗乃香並不覺得困惑。

「今天商店街裡的人特別多，嚇了妳一跳吧？我在這裡做了這麼久的生意，也是頭一次看見這麼多人。」

女子一面包裝穗乃香的母親要求更換電池的手錶，一面隔著玻璃門往外看。外頭依然是人山人海。

「……今天有舉辦什麼活動嗎……？」

人潮如此洶湧，莫非是舉辦了什麼攬客活動？穗乃香詢問，女子一臉不解地歪了歪頭。

「這個嘛，從今天到連假結束期間，的確舉辦了限時特賣大摸彩。不過摸彩每年都有辦，今年的獎品也不是特別豪華。真是太不可思議了。」

女子喃喃說道，把包裝好的手錶交給穗乃香。

「哎，客人多，當然再好不過。」

與穗乃香的母親年齡相仿的女子淘氣地聳了聳肩，穗乃香也跟著微微一笑。

「對了、對了，錢我已經收了，可是這個忘了給，就交給妳吧。」

她遞出的正是現在舉辦的限時特賣摸彩券。

「摸彩會場在洗衣店前面，妳去摸個彩再回家吧。」

「謝謝……」

穗乃香向目送自己離去的女子低頭致意，並依言朝摸彩會場邁開腳步。她不確定連假期間是否會再次造訪商店街，最好趁今天摸完彩再回去。

然而，越靠近摸彩會場，人潮就越為洶湧。穗乃香走走停停，好不容易才抵達洗衣店前。摸彩機有兩台，穗乃香在人潮較空的那一台前面排隊。另一台摸彩機前有許多民眾圍觀，莫名喧鬧。

「又、又中獎了！一獎！購物禮券一萬圓！」

隨著這道聲音，身穿印有商店街名稱法被的男性，猛烈搖動手上的鐘鈴。

「那個大叔好厲害！已經連中七次了耶！」

「獎品該不會被他拿光吧？」

圍觀民眾的喧譁聲傳入耳中，穗乃香把視線轉向摸彩機前的男性。他的雙手提著似乎是在商店街買來的物品，身穿橘黃色底、紅鯛圖案的花俏和服，頭上戴的帽子形狀甚為奇特，猶如折了一半的烏帽子。帽子底下隱約可見的側臉下半部頗為豐腴，耳垂很大，是典型的福相。

「小姐，輪到妳啦！妳不抽啊？」

聽到工作人員的聲音，視線全被男性的奇特容貌吸引的穗乃香回過神來，連忙轉動八角形的摸彩機。彩球在有點重量的摸彩機裡滾動的聲音響徹四周。

「喔！恭喜，中了四獎手機吊飾！」

見了滾出來的綠球，工作人員將裝在塑膠袋裡的吊飾遞給穗乃香。穗乃香接過吊飾，立刻離開摸彩機的隊列，好把位置讓給下一個人。

「手機……吊飾……」

穗乃香重新審視手上的獎品。紅色編繩的前端是個塑膠製的狐狸飾品，蓬鬆的尾巴令人聯想到某尊狐神。

「……我抽中……黃金老爺……」

穗乃香喃喃說道，微微地笑了。她本來以為鐵定只能抽到銘謝惠顧的面紙，沒想到居然抽中這樣的獎品。

穗乃香拿出智慧型手機，叫出照相功能，打算拍攝放在掌心的吊飾，隨即又改變主意，改以摸彩會場為背景，舉起吊飾拍照。這樣對方應該比較容易知道她是在哪裡得到這個吊飾的。接著，她一面想像對方的反應，一面把這張照片連同簡訊一起傳出去。

傳給現在一定也和狐神在一起的良彥。

⛩

「不能走路是什麼意思……？」

在本殿蛭兒大神的房間裡聽聞此事的良彥皺起眉頭，如此反問。

「就是字面上的意思。在你閱讀的《古事記》中，蛭兒大神是在開頭的創世場景登場的。在《日本書紀》中，雖然祂誕生的時期不一樣，但同樣都遭受流放。」

「流放……？」

聽了黃金的話語，良彥更加混亂，不禁歪起頭來。神明被流放是什麼狀況？和不能走路有什麼關係？良彥怎麼也想不起來，松葉開口替他說明：

「蛭兒大神老爺是伊耶那岐神老爺和伊耶那美神夫人的孩子，但是出生後過了三年還不會走路，因此被放到船上，流放大海。」

聽祂說得如此直接，良彥下意識地倒抽一口氣。經祂這麼一說，《古事記》似乎也記載了同樣的事。雖然沒提到三年，但是曾提及祂們把有缺陷的孩子放到船上，流放大海。

「把自己的孩子流放大海，真夠壯烈啊……」

說來悲哀，拋棄親生骨肉的事在現代依然時有耳聞，良彥實在難以肯定這種行為。

「拋棄親生骨肉，祂們一定也很痛苦。當時祂們肩負創世的大任，那麼做想必是苦澀的決斷吧……」

松葉微微嘆了口氣，繼續說道：

「被放到船上的蛭兒大神老爺為了防止力量消耗便化身為神像，船隻腐朽後祂一直在海底靜待時機，度過了漫長的歲月，後來才被名叫喜助的漁夫在兵庫近海用漁網打撈起來。」

「喜助……是漁夫發現祂的啊……」

那個漁夫應該沒料到會打撈到神明吧。

「那麼……祂的腳現在還是……」

不能動嗎？良彥不敢直接詢問，只好含糊其詞。

「蛭兒大神老爺被凡人當成來訪神惠比須奉祀，恢復了力量；脫離神像狀態後，便透過精靈及眷屬，使用各種手段來彌補不能動的雙腳。不過，自從千年前我開始侍奉祂以後，除了睡覺和休息時間以外，祂都騎在我的背上。」

原來如此。良彥恍然大悟，吐了口氣。的確，不能走路的蛭兒大神，不可能穿著草鞋外出。但若是如此，蛭兒大神為何帶著草鞋消失無蹤？

「既然祂無法自行外出，難道是有人把祂帶走的……？」

良彥嘴上這麼說，但自己也覺得難以置信而歪頭納悶。就算不能走路，蛭兒大神依然是神明，人類無法將祂帶走。要說是其他神明所為，又想不出祂們刻意瞞著松葉的理由。更何況祂還帶著草鞋。

「果、果然是捲入了什麼事端嗎？」

松葉再度把鼻子湊上前來，良彥立刻躲開。真希望祂能夠意識到自己的臉有多長。

「還不一定。祂是神明，不會那麼輕易陷入危機啦……」

如果要找祂，只能地毯式搜索嗎？一想到這有多麼麻煩，良彥不禁抓了抓頭。話說回來，要尋找人類看不見的神明，該去向誰打聽？

「蛭兒大神是什麼打扮？有沒有特徵？」

為了慎重起見，良彥如此詢問。無論如何，不先打聽這些資訊，根本無從找起。

「蛭兒大神老爺向來打扮得很花俏，常穿鯛魚圖案的和服及紅色的風折烏帽子。所以祂如果外出，應該很醒目才是。至於祂的特徵，就是豐腴的下臉頰和象徵福氣的大耳垂。祂一笑起來，眼睛就瞇成一條線，成了標準的惠比須臉。」

「哎，畢竟祂是惠比須嘛……」

為了慎重起見，良彥打算把松葉描述的特徵抄起來，便打開包包。同時，包包裡的智慧型手機正好收到簡訊。

「穗乃香……」

這麼一提，雖然是平日，但現在已是放學後的時段。良彥打開通訊軟體，發現穗乃香傳來一封附帶照片的簡訊。

「我抽中黃金老爺……？喔，抽獎啊？」

看了照片，良彥不禁露出微笑。照片裡的狐狸手機吊飾，確實和黃金長得一模一樣。

「不過，黃金胖了一點。」
「良彥，你剛才說我肥？」
耳朵靈敏的黃金立刻伸出鼻尖逼問。
「我沒說祢肥，我是說祢胖。」
「意思還不一樣！要我說幾次，這是毛！」
「不管是不是毛，手機吊飾的狐狸就是比祢瘦啊！」
良彥一如平時地耍嘴皮子，卻隔著肩膀察覺到一股奇妙的氣息，不禁打了個顫。他戰戰兢兢地回過頭，只見松葉的臉近在眼前，溫熱的氣息吹到他脖子上。
「對、對不起，松葉，現在要緊的是找蛭兒大神，對吧？我知道、我知道，只是收到一封逗趣的簡訊，稍微放鬆一下而已！別、別擔心，我會好好找——」
「蛭兒大神老爺！」
良彥話還沒說完，松葉便探出身子，鼻口抵著良彥的智慧型手機螢幕。
「原來在這裡！原來祢在這裡啊～～」
「等、等等！冷靜下來！」
畫面上明明是狐狸手機吊飾，祂到底是怎麼看錯的？良彥連忙和松葉拉開距離，發現智慧型手機沾滿祂的鼻水，不禁啞然無語。這些黏答答的液體要怎麼處理？

「祢被關在那個小框框裡嗎？松葉現在立刻去救祢！」

「不，祂沒被關起來，就算祢把鼻子湊過來也進不去。」

良彥冷靜地說道，毫不客氣地用松葉的鬃毛擦拭液晶螢幕。不知何故，黃金見狀立刻把自己的尾巴藏起來。

「再說，祢看仔細點，上頭的是狐狸，怎麼看都不是蛭兒大神。」

良彥把擦拭乾淨的螢幕拿給松葉再看一次。錯認成黃金的話，他勉強可以理解，但要怎麼錯認成惠比須神？

「不，是蛭兒大神老爺！雖然只有背影，但是我絕不會認錯！」

「背影？」

見松葉如此堅持己見，良彥也重新檢視穗乃香寄來的照片。狐狸吊飾的彼端是排列在撲彩機前的人龍。良彥查看每一個人，最後視線停駐在身穿黃衣、頭戴紅帽的人身上。剛才松葉描述的蛭兒大神特徵閃過腦海。

「……呃，可是……蛭兒大神不是不能走路嗎……？」

良彥困惑地詢問。剛才不是這麼說過？就照片看來，這個人是用自己的雙腳站著。

「可是，哪有凡人會穿成這樣？這一定是蛭兒大神老爺！」

良彥的氣勢被自信滿滿的松葉壓過，只好把那個人的部分放大觀看。不過，周圍的人太多，只拍到背部以上的部位。

「如果天眼的女娃兒還在那裡，問問她不就行了？」

窺探畫面的黃金提出建議。

「……嗯，這樣比較快。」

良彥贊同黃金的意見，暫且離開本殿，打電話給穗乃香。她應該不是刻意拍下那個人的。

「啊，穗乃香？」

在短暫的來電答鈴之後，手機立刻切換為通話。良彥出聲打招呼，一道有些慌張的細小聲音回答：

『……對、對。呃，對不起，傳那種怪簡訊給你。』

隔著穗乃香的聲音，可以聽見鼎沸的人聲。她還在商店街嗎？

『吊飾很可愛，我忍不住就……』

「不，簡訊完全沒問題。是這樣的，妳拍的照片可能會幫上我大忙。」

良彥安慰莫名惶恐的穗乃香，切入正題。

「那張照片好像有拍到我現在正在找的人，不，該說是神才對……」

『咦……』

「穗乃香，妳還在商店街嗎？」

不明就裡的黃金和松葉在良彥身後詫異地聆聽他們的對話。電話彼端傳來些微的跑步聲，穗乃香回答：

『對。今天商店街人很多……我也覺得有點奇怪……』

「啊，我在找的是福神，很有可能……」

『福神……？』

穗乃香在電話彼端困惑地反問。

「妳拍吊飾的時候，站在摸彩機前面的那個黃衣人好像就是福神……」

人潮洶湧，她或許沒注意到那個黃衣人。不過，一聽見良彥的話，穗乃香便「啊」了一聲，恍然大悟地說道：

『那個人好像連續抽中了七次，啊，八次獎……』

良彥摀住額頭。這句話是帶有福氣的最佳證據。

「……那個人還在嗎？」

拜託她這種事，良彥覺得有點過意不去。不過都這個節骨眼了，還是請她盡可能地代為確認吧。

『……對，還在。』

隔了一會兒，穗乃香如此回答。

「妳看得見衣服的圖案嗎？」

良彥回頭瞥了松葉一眼。根據祂的說法，蛭兒大神向來打扮得很花俏。

『……黃底，鯛魚圖案……下襬有點短……』

「黃底，鯛魚圖案……」

『然後，戴著紅色帽子……』

「紅色帽子……」

『臉頰豐腴，耳垂很大……』

「臉頰豐腴，耳垂很大……」

良彥重複穗乃香的話語，松葉確信那就是蛭兒大神，不禁淚水盈眶。

「穗乃香，我想請妳再幫我確認一件事。」

最後，良彥提出最重要的問題。

「那個人是用自己的腳站著的嗎？」

這句話聽起來有點恐怖，但是穗乃香似乎不以為意，隔著電話點了點頭。

『對，確實是。』

聞言，黃金立即來到良彥身邊，繼續發問：

「天眼的女娃兒，妳看得見那個人穿的鞋子嗎？」

『……鞋子……』

在穗乃香回答之前，松葉靜靜地倒抽一口氣。

接著，她的聲音傳入眾神的耳朵。

『……穿的是草鞋……』

良彥用左手摀住臉龐。特徵如此一致，不可能到處都有。用不著假設，那鐵定就是蛭兒大神沒錯。

「穗乃香……」

良彥重新拿好智慧型手機，垂頭喪氣地呼喚。

「我立刻趕過去，不好意思……妳能不能替我看住那個花俏的人？」

『咦？啊……好！』

穗乃香依然搞不清楚狀況。雖然一頭霧水，她還是在電話彼端點了點頭。

二

穗乃香看見的男性十之八九是蛭兒大神——得到這個結論的良彥立刻前往商店街。雖然他拜託穗乃香注意男性的動向，但男性隨即開始移動，圍觀群眾擋住了視線，穗乃香根本看不見他的身影。良彥告訴穗乃香追丟也不要緊，心急地轉乘電車。沒想到從阪神西宮站搭車到出柳町這麼麻煩。

「話說回來，如果那真的是蛭兒大神老爺，祂怎麼靠自己的雙腳走路……？」

良彥要松葉看家，但松葉堅持跟來。掛在祂脖子上的「惠比須」瓦楞紙板，現在暫時交由Tolucky保管。突然被交付代理惠比須神的重責大任的老虎布偶，就那麼孤伶伶地放在本殿裡，看起來實在有點滑稽，但現在不是取笑的時候。松葉初次搭乘電車，又不能坐在座位上，因而坐立不安地四處踱步。話說回來，祂是四腳步行，要在狹窄的車廂內坐下本就難如登天。

「那雙草鞋可能有什麼祕密吧？」

良彥望著車窗外流動的景色，喃喃說道。不能走路的神明突然可以靠自己的雙腳行走，只有這個可能性。

「有沒有神寶可以讓人變得能夠走路，或是治療腿部的疾病？」

良彥詢問，黃金微微歪了歪頭。

「誰知道？我沒聽說過。」

聽了這個回答，良彥有種預感，前頭等著自己的或許是錯綜複雜的事態發展，不禁深深地嘆了口氣。

「良彥先生！」

在商店街入口和穗乃香會合時，已經過了五點半。

「對不起，穗乃香，讓妳久等了。」

「不……我才該說對不起。人太多，我跟丟了……」

穗乃香滿懷歉意地說道，同時為了良彥身後的白馬困惑不已。

「那個人走了以後，人潮居然全部散去，簡直像作夢一樣……」

穗乃香回過頭，良彥也跟著回頭觀看商店街。確實，就現在所見，來訪的人不多也不少，是平時常見的商店街風景。

「蛭兒大神是福神，身邊自然而然會聚集許多人。尤其在商店街，祂要招攬客人根本是易如反掌的事。」

黃金在良彥腳邊搖動尾巴。

「從衣物及特徵判斷，那應該是蛭兒大神沒錯。不知道祂從西宮特地跑來這裡是為了什麼……」

「啊，我也覺得很奇怪。祂幹什麼跑到京都來？京都和祂有什麼淵源嗎？」

良彥回頭詢問背後的松葉。

「京都的確也有惠比須神社，除此之外……」

松葉垂下白色耳朵，歪頭思索。

「不過，祂以前好像說過京都是個歷史悠久的城市，有機會想好好觀光……」

「觀光……」

良彥有種不祥的預感，板著臉聆聽這番話。最後可別跟他說，蛭兒大神只是單純想來一趟觀光旅行啊。

「天眼姑娘，爾看見的是這尊神沒錯吧？」

松葉走向穗乃香，抖動身體，一張照片從鬃毛裡掉出來。照片中的是騎著松葉、面露笑容的一尊神，身穿橘黃色底、鯛魚圖案的花俏和服，頭戴紅色的風折烏帽子。笑容滿面的下臉頰柔軟豐腴，耳垂大得幾乎快碰到肩膀。祂的腳上什麼也沒穿，比臉龐更白更細的雙腳從衣襬之下露出來。

「祢是什麼時候拍了這張照片啊……話說回來，原來拍得到喔？」

良彥一面從穗乃香身後窺探，一面喃喃說道。仔細想想，大山積神也曾出現在影像之中。只要神明有意現形，應該就拍得到吧？

「這是今年的十日戎拍的……」

松葉有些靦腆地說明。

「不是用相機，是念力攝影……」

「念力攝影？」

「對，我的蹄不方便按快門。」

良彥有些傻眼地望著如此訴說的松葉。說到脖子上的瓦楞紙板也是這樣，即使是頗有難度的事，這匹神馬仍能靠著毅力克服。

「……啊，對，就是這尊神明。」

穗乃香認真地凝視照片，不久後，帶著確信點了點頭。

「應該錯不了……」

聽了這個答案，良彥等人互看一眼。雖然不知道發生什麼事，但不能走路的蛭兒大神穿上草鞋，自行來到京都，並在連續中獎之後離去——這件事似乎是不折不扣的事實。

「……現在的問題就是蛭兒大神又跑到哪裡去了……」

祂瞞著松葉偷偷離開，究竟有什麼目的？既然松葉交辦的差事「尋找蛭兒大神」已經受理，良彥就不能置之不理。他必須設法接觸蛭兒大神，和祂談談。良彥有種預感，一切都得等到談過之後才開始。

「不知道祂還在這附近，還是已經跑到別的地方去……」

「……良彥。」

「或許先在這附近打聽一下比較快……？」

「良彥。」

黃金的聲音傳入耳中，良彥這才回過頭來。只見熟悉的機車從車道跨越步道，逼近眼前。

「好危險！」

良彥總動員昔日的反射神經，好不容易才閃開，忍不住如此大叫。要是撞上，鐵定出車禍。他覺得對方似乎是衝著自己騎過來的。

黃金悠然避開機車的行進路線，好整以暇地搖著尾巴。

「我正要提醒你小心。」

「祢提醒得太慢了！」

這種事早點講行不行？

「還有，遙斗！你是什麼意思啊！」

良彥悻悻然地回頭看著機車。只見遙斗把機車牽到步道邊，關掉引擎，滿不在乎地拿下安全帽。

「沒有啊！一看到你，龍頭自己就動了。」

「這種機車趕快送去修理！」

「吉田同學，沒想到會在這裡遇見妳，好巧喔！」

「你好……」

遙斗面對良彥時冷淡無比，面對穗乃香時卻露出爽朗的笑容，讓良彥忍不住頭痛得揉起太陽穴。他現在正在辦複雜的差事，卻偏偏碰上這個麻煩的傢伙。

「呃，良彥先生正在辦差事……」

「喔？你還在當差使啊？我一點也不羨慕你。」

「神明好像失蹤了……」

「所以你們四處找神？真辛苦，畢竟是用走的。」

也不知道他是在和穗乃香說話，還是在諷刺良彥。說話老是針鋒相對是他的習慣，良彥無奈地嘆一口氣，繼續陪他鬥嘴太麻煩了。在良彥思索如何處理這個狀況之際，遙斗的視線停在穗乃香手裡的照片上。

「妳認識這個花俏的大叔啊？」

見遙斗指著自己手上的照片，穗乃香連忙搖了搖頭。

「我不認識……可是，剛才祂還在附近……」

「咦？在這一帶？我剛才是在貴船神社看見他的耶。」

聽了遙斗的話語，在場的神和人全都抬起頭來。

「真的嗎？」

良彥忍不住逼問遙斗。在他身後，遙斗看不見的松葉也情緒激動地擺動耳朵。

「對、對啊！我看見他在神社抽籤，連續抽中大吉……」

遙斗據實以告，隨即又猛省過來，一臉不快地看著良彥。

「……你們在找的神明該不會就是……」

遙斗察覺苗頭不對，正要開溜，良彥卻抓住他的雙肩露出微笑，不容分說地提出請求：

「遙斗，載著我再去貴船兜一次風吧？」

⛩

謝過穗乃香並互相道別之後，良彥設法安撫遙斗，來到貴船的奧宮。一方面也是因為身在山中，周圍的景色暗了下來。山上的氣溫比市區低，河川的溼氣和山上的空氣交互作用下，令人倍感涼意。這個時間已經幾乎不見觀光客的身影，為了前往車站而下山的行人反而比較多。

「喔，蛭兒大神剛才還在這裡。」

來到奧宮旁的河邊，良彥問起蛭兒大神，高龗神極為乾脆地點了點頭。

「祢知道祂去哪裡嗎？」

摟著良彥的脖子，硬擠上機車跟來的松葉，懇求似地詢問拿出淡青色扇子的高龗神。順道一提，黃金是鑽進遙斗的雙腿之間，前腳搭著龍頭，享受行駛中的涼風。兩神兩人共乘機車，看在看得見的人眼裡，應該是一幅極為異樣的光景吧。

「這個嘛，我倒是沒問……不過，祂說只要穿上那雙草鞋，一眨眼就能跑到千里之外，因而樂不可支。來這裡之前，祂好像還跑去神戶搭什麼摩天輪來著。」

「……看來祂玩得挺開心的……」

神戶的臨海樂園的確有座面向大海的摩天輪。想像蛭兒大神獨自享受空中散步之樂的模樣，良彥忍不住喃喃說道。話說回來，一眨眼就能跑到千里之外？光是能夠走路就已經很不可思議了，那雙草鞋到底具備什麼神奇的功能？

「哎，喂！」

良彥盤臂思索，遙斗用拳頭戳了戳他的背部。

「你說過我帶你來貴船，就要讓我跟高龗神老爺說話的，該不會忘了吧？都你在說！」

「我知道、我知道，你再等一下啦！我的話還沒說完咧！」

就在兩人竊竊私語之際，黃金望著高龗神。

「高龗神，你知道那雙草鞋是什麼來頭嗎？原本無法站立的蛭兒大神之所以能夠行走，應該是那雙草鞋造成的。蛭兒大神似乎老早就擁有那雙草鞋，可是連祂的眷屬也不知道由來。」

聞言，高龗神用扇子敲打掌心，陷入思索。最後，祂搖了搖頭。

「那雙草鞋看起來似乎有點年代，不過我也不清楚。連蛭兒大神都說，祂不知道那雙草鞋是怎麼來的。」

「……連蛭兒大神老爺也不知道……」

松葉愕然說道，沮喪地垂下頭來。

「……從前我也想不起寶貝杓子的下落。或許蛭兒大神也一樣，記憶正在逐漸消失。」

高龗神望著架住良彥的遙斗。能夠遇見繼承杓子之名的他，都是多虧了良彥這個差使。

「聽蛭兒大神說，祂在神社裡發現草鞋，便拿來穿著玩，誰知一穿上就湧出一股力量，讓祂變得能夠行走。不知何故，祂覺得不能待在原地，便隨心所欲地四處閒逛，順便觀光。過去祂一直無法靠自己的力量行走，想必有些興奮吧？」

「不過，祂大可以跟松葉說一聲啊！」

良彥把遙斗從背上扒開，一面整理被拉長的T恤，一面望著垂頭喪氣的白馬。一直以來，替蛭兒大神代步、盡心盡力的都是祂。

「沒想到蛭兒大神老爺這麼想用自己的雙腳走路……」

只要主人一聲令下，松葉願意載祂去任何地方，即使是去神戶或京都觀光亦然。然而，蛭兒大神從未提出這種要求。為何如今祂一穿上草鞋，便像斷了線的風箏飛奔而出？

「松葉，別鑽牛角尖。爾有多麼可靠，蛭兒大神想必也十分明白。」

高龗神想起從前在身邊為伴的小鬼，如此說道。

「等祂玩夠了就會回來，別放在心上。」

「是……」

松葉的綠色眼眸微微溼潤，點了點頭。

「總之，祂好像很有精神。就像高龗神說的一樣，搞不好晚上祂就回來了。我們今天先回去吧……」

良彥仰望逐漸變暗的天空吁了口氣。沒有蛭兒大神去向的線索，根本無從找起。

「高龗神老爺、高龗神老爺！祢在這邊嗎？呃，彼岸節快到了，我想去給奶奶掃墓，然後……」

良彥告知高龗神的位置後，遙斗便對著略微偏離本神的方向，自顧自地說起話來。黃金傻眼地望著他，略帶無奈地點頭贊同良彥的提議。

⛩

隔天星期六，勉強在中午前起床的良彥打開電視，看著關西地方的娛樂新聞啃吐司。

昨天，良彥和打算回神社等候蛭兒大神歸來的松葉道別，回到自己家中，度過一如平時的夜晚。良彥把穗乃香拖下水，因此也向她報告了事情的經過。不知道蛭兒大神前往何方，良彥無法行動，只能祈禱祂乖乖回神社，但是至今仍未接到松葉的聯絡。

「話說回來，那雙草鞋到底是什麼來頭⋯⋯」

良彥一面用筷子戳自己製作的火腿蛋，一面回想昨天和黃金討論的內容。能讓不能走路的神突然變得會走路，而且還可以一眨眼就跑到千里之外，顯然具備了某種力量。松葉說那是神寶，黃金卻認為蛭兒大神擁有草鞋本身就是一件怪事。

「蛭兒大神是無法站立的神明，過去凡人塑造的神像也大多是赤腳的坐姿。這樣的神明為何擁有一雙根本用不著的草鞋？倘若那是神寶，何必現在才穿上？既然那雙草鞋能助祂走路，祂大可早點穿上。」

黃金說得有道理。如果不是神寶，就是人類進獻的供品。但是進獻草鞋給不能走路的神明，似乎有點譏諷的感覺。話說回來，就像良彥原本也不知道蛭兒大神不能走路，或許是不知情的人進獻的。若是如此，進獻草鞋的用意是什麼？

「良彥！烤好了！」

黃金在烤麵包機前，滿懷期待地等待自己的吐司烤好，一聽到烤麵包機發出「叮！」一聲，便立刻呼喚良彥。

「是、是，我聽到了。」

「快點拿出來！趁熱塗上瑪琪琳，再淋上蜂蜜！」

「知道啦、知道啦！」

在黃金的催促之下，良彥打開瑪琪琳的蓋子，並不經意地望向電視。

『呃，現在為您進行路況報導。』

剛才是由新人女主播播報一週新鮮事，最後鏡頭轉回了主持人身上。

『目前阪神高速道路神戶線的京橋附近至大阪一帶，發生了大規模的交通堵塞現象，灣岸線也開始塞車；尤其是往環球影城方向，已經塞了十五公里。似乎不是車禍造成的……』

『是要去環球影城玩的人嗎？』

主持人念出詳細的地名，年邁的來賓悠哉地發問。

『畢竟現在是連假期間嘛，正要出門的民眾請多加留意——』

良彥一面聆聽電視裡的對話，一面滑動奶油刀。雖說是關西地方的節目，這個時期播放塞車資訊可說是頗為罕見。

『好，現在我們的記者正在舉辦萬聖節活動的環球影城現場進行連線報導，請說。』

隨著主持人的呼喚，鏡頭再度切換，映出一名手持麥克風的男性。

『好的，記者來到環球影城的停車場入口。大家看見這條車龍了嗎？車龍一路延伸到高速道路的出口前方！』

「……喔，原因果然是環球影城啊？」

良彥看著略微亢奮地播報新聞的記者，從櫥櫃裡拿出蜂蜜。鏡頭映出密密麻麻的車流，與事先錄製的駕駛人採訪片段交互播放。

『小孩突然吵著要去……』

『就忽然想去玩啊！』

『今天本來是計畫去其他地方，可是又很想去環球影城……』

隔著車窗接受採訪的駕駛人陳述的理由全都很含糊，並不是因為有什麼想看的表演或想玩的遊樂器材。環球影城已經開始實施入場管制，據說搭乘電車前來的遊客也不少。

「凡人一到連假期間，就會一窩蜂地跑出去玩啊？」

從良彥手上接過塗完蜂蜜的吐司，黃金開開心心地吃了一口，這才把注意力轉向電視。

「連假期間去哪裡都是人擠人，待在家裡最……」

「差使兄～～！」

良彥再度拿起筷子，正要解決吃到一半的火腿蛋時，松葉突然穿過客廳的落地窗衝進來。祂收勢不住，滑進廚房，接著又用近乎衝撞的氣勢逼近良彥。

「蛭兒大神老爺沒回來！」

「祢的臉靠得太近了！」

「我一夜沒睡等祂回來，卻連半點消息也沒有！」

「祢鼻子呼出的氣都吹到我臉上了！」

良彥推開松葉的臉，露出苦澀的表情。他把一絲希望寄託在蛭兒大神自行歸來之上，但祂終究沒回來。

「冷靜下來，松葉，爾也吃些東西果腹吧。」

黃金一面咀嚼吐司，一面仰望慌張失措的松葉。

「這裡沒有乾草，不過，良彥，冰箱裡不是有高麗菜嗎？拿給祂吃吧。」

「為什麼祢會知道我家冰箱裡有什麼東西？」

再說，松葉可是眷屬神。在眼前大啖甜吐司的狐神姑且不論，松葉吃人類的食物好嗎？

「不用了！現在要緊的是找回蛭兒大神老爺！」

松葉搖頭哀嘆，趴在地板上。

「老實說，三天後是我們神社重要的例行祭典。這是一年裡最重要的祭典，會出樂車，也會出神轎，隔天還有海上出巡……這樣的祭典裡，蛭兒大神老爺豈能不在場！」

聞言，把火腿蛋放進嘴裡的良彥皺起眉頭。這種事怎麼不早說呢？舉辦祭典，身為主角的神明卻不在，的確不妙。總不能把Tolucky放上神轎吧。

「……可是，完全沒有線索，不知道祂去了哪裡……」

良彥沉吟。他也很想盡快找到蛭兒大神，但實在一籌莫展。

電視上正在採訪環球影城的工作人員。

『我們並沒有引進新設施……雖然說是連假第一天，擠成這樣還真是前所未見。』

良彥面色凝重地看著電視，視線停駐在如此回答的工作人員背後的史努比遊樂器材上。繼開心揮手的小兄弟檔及親子之後，花俏的鯛魚圖案在史努比的白色身體映襯之下流過了視野。

「……不會吧？」

這是作夢？還是幻覺？良彥忍不住爬向電視，等待那隻史努比轉回來。接著，興高采烈地高舉雙手的豐腴臉頰再度出現了。

「蛭、蛭兒大神老爺！那隻狗！那隻狗比我好嗎～～？」

松葉用馬蹄搭著電視櫃大叫。同時，良彥桌上的智慧型手機響了。

「……喂？」
良彥頭疼地接起電話，想起現在來電的她昨天所說的話——商店街的人潮遠比平時洶湧。
『……啊，早、早安。』
穗乃香的聲音聽起來有點動搖，但依然沒忘記打招呼，接著才詢問：
『呃，良彥先生，你在看電視嗎……？』
「……有。穗乃香，妳也看見了？興高采烈地坐在史努比上的大叔。」
在良彥背後，松葉大叫：「蛭兒大神老爺！我現在立刻過去！」試圖鑽進電視裡，黃金則拚命阻止祂。在自家電視被破壞之前，良彥必須盡快帶祂出門。
『沒想到祂跑去環球影城……』
「看來祂是真的在觀光……」
節目又把鏡頭拉回棚內，主持人繼續介紹下一個專題。雖然蛭兒大神僅出現在螢幕上一瞬間，但祂看起來確實非常開心。
「我本來以為就算不管祂，祂也會自己回去……糟糕，看祂那個樣子，好像已經樂不思蜀……」
良彥覺得背脊發涼，不禁打了個顫。再這樣下去，豈只三天後的例行祭典，那座神社將變成沒有福神的神社。再說，這樣差事永遠無法結束。

「……看來還是去把祂帶回來比較妥當……」

良彥瞥了在電視前嚎啕大哭的松葉一眼，抓了抓頭。

「最好去環球影城之後的下一個去處堵祂……」

蛭兒大神可能前往的觀光地太多，難以鎖定單一目標，只能在比較知名的地點撒網。

『呃，良彥先生……』

電話彼端，穗乃香用細小的聲音呼喚。

『我也可以去嗎……？畢竟一開始沒成功留住祂的是我……』

「穗乃香……」

她似乎為了在人潮中跟丟蛭兒大神之事耿耿於懷。其實這不是她的責任。

「可是……還不確定要去哪裡……」

有了解內情的穗乃香相伴，良彥心裡的確踏實許多。可是，拖她下水好嗎？良彥躊躇不已。穗乃香只是個高中女生，京都市內的水族館倒也就罷了，帶她去外縣市——就算只是鄰縣——妥當嗎？

『既然要找神，人手越多越好……』

面對猶豫的良彥，穗乃香一反常態地繼續堅持。她說得確實也有幾分道理。在這個節骨眼上，人手越多越好。

「……好吧，那就一起去。」

讓一個高中生跑這麼遠，良彥很過意不去，但是顧及穗乃香的感受，他還是答應了。只要能讓她心裡好過一些就好。

『我立刻準備！』

穗乃香略微興奮的聲音隔著電話傳過來。

三

——前往這裡以外的地方。

動了這般心念，四處遊走，為何仍然無法消除心頭的空虛？

「在神戶坐摩天輪，去六甲山看夜景……在京都觀賞名聞遐邇的京都塔，又碰巧遇上摸彩大會，還趁著造訪貴船的機會和高龗神敘舊……」

蛭兒大神坐在園區內的長椅上，一面享用攤車販賣的萬聖節特製南瓜形丸子，一面眺望喜形於色的往來行人。

「連早就想來參觀的環球影城也來了。在人間待久了，真的無法預料會發生什麼事啊。」

蛭兒大神靠著椅背，搖晃穿著草鞋的雙腳。祂仍然不敢相信自己的腳能夠這樣行走。

「接下來該去哪裡呢？還是繼續逛逛大阪？」

蛭兒大神詢問腳上的草鞋。穿上這雙草鞋以後，祂一時衝動跑出神社，但是至今依然漫無目的。來到從未拜訪過的土地，四處遊賞體驗過後，覺得「不是這裡」又想去其他地方。不知何故，雖然沒有明確的目標，但祂很容易被大型建築物吸引，或許是因為從前沒機會見識吧？祂也去過梅田的大廈區和阿倍野的摩天大樓，可是全都不合祂的意。

一群小孩跑過仿造好萊塢街景打造的區域，前往下一項遊樂設施。蛭兒大神面帶微笑地目送他們離去，站了起來。祂還有許多想玩玩看的遊樂設施，卻又覺得必須趕路——必須遵從心底深處冒出來的感情，前往這裡以外的某個地方。

「逛完大阪之後，接著去奈良；逛完奈良之後，接著去和歌山……一步一腳印，行遍各地……總有一天，我會找到那個地方。」

遊遍全國，不知得花上多少時間？雖然祂有眷屬代步，但是職責在身，不宜出遠門。再說，眷屬的力量衰退後，長距離移動變得越來越為困難。然而那一天，祂穿上盒子裡的草鞋後，力量泉湧而出，無論走多久都不覺得累，跑起來和風一樣快。

這雙草鞋究竟是什麼神寶？既然有這樣的寶物，自己為何沒早點穿上？蛭兒大神試著回想，但腦子卻像浸在水中一樣，搖搖蕩蕩。

「不知道為什麼……」

蛭兒大神用慈愛的眼神看著自己腳上的草鞋。祂的心猶如蒙上一層靄氣，飄浮不定，唯有一種感情十分明確。

「我覺得好懷念，又好溫暖……」

⛩

星期六的京阪電車上，有看似背包客的外國人和拉著行李箱的旅客身影。不過他們大多在三条站或更後頭的祇園四条站就下車，所以車上不怎麼擁擠。

和穗乃香會合後，良彥從起站出柳町搭上特快車，預計不到一小時便能抵達大阪。至於接著要前往哪裡，必須先在車內擬定計畫。

「不過，蛭兒大神不見得仍在大阪。如果那雙草鞋真的能讓祂一眨眼就跑到千里之外，說不定祂已經移動到其他地區了。」

過了七条，電車總算從地下行駛到地上。黃金立刻踩著良彥的膝蓋抓住窗框，觀賞窗外的風景。

「假如是這樣，祂早就跑到九州或北海道了吧？」

良彥挪開膝蓋上的黃金，攤開出門時購買的大阪觀光導覽手冊。

「根據高龗神的說法，失蹤當天，蛭兒大神去了神戶。隔天祂跑來京都，而今天又前往大阪。這麼看來，祂應該還想在關西圈內逛逛。」

如果在良彥等人抵達之前，祂都待在環球影城裡就好了。不過，從昨天在京都的情形判斷，祂似乎不會在同一個地方久留。或許蛭兒大神也知道自己引來太多人潮吧。

「那隻狗……叫什麼死路邊來著的是吧……我絕不會拱手讓出蛭兒大神老爺第一眷屬的寶座……」

通道上，有所誤解的松葉正悄悄地燃燒鬥志。穗乃香一臉同情地看著猛噴鼻息、抖動脖子的祂。明明已經跟祂說明過那是遊樂器材，但祂似乎還是不太明白。

「你已經想好要去大阪的哪裡了嗎？」

黃金把毛茸茸的尾巴捲在自己身上，回頭看著良彥。良彥買的車票是到京橋。

「大阪很大，說不定祂北上跑去梅田，或是高槻……南下就是難波或阿倍野……搞不好祂跑到更南邊的岸和田去了……」

「……良彥先生。」

良彥板著臉觀看觀光地圖，身旁的穗乃香略帶顧慮地呼喚他。

「蛭兒大神或許開始移動了……」

「妳怎麼知道？」

難道她除了天眼以外，還有神明雷達之類的能力嗎？良彥愣在原地，穗乃香遞出自己的智慧型手機。手機上繫著昨天抽中的狐狸吊飾。

「我想應該幫得上忙，就裝了這個ＡＰＰ……」

良彥接過智慧型手機一看，上頭顯示的是路況ＡＰＰ。

「啊，對喔……」

良彥看著代表塞車的紅色標記，忍不住瞪大眼睛。就像環球影城因為過於擁擠而上了新聞一樣，蛭兒大神所到之處都有人潮聚集，祂很可能位於交通堵塞的中心點。

「環球影城附近已經不塞車，現在堵塞漸漸移往內陸方向……」

穗乃香用修長的手指指著畫面，良彥的視線也循著她的手指移動。

「剛才最塞的是森宮的交流道一帶……」

森宮和大阪城近在咫尺。看來蛭兒大神走的果然是正統的觀光路線。

「現在稍微南下……」

穗乃香縮小地圖，顯示更南邊的地區，天王寺及阿倍野等地名映入眼簾。良彥翻閱導覽手冊，確認那一帶有什麼景點。

「啊，該不會是……」

良彥發現一個一提到大阪就會立刻聯想到的觀光名勝，脫口而出：

「通天閣！」

开

明治時代舉辦內國勸業博覽會的舊址，後來更名為「新世界」，成為大阪的新名勝，通天閣及月神樂園也在之後開幕。當時，月神樂園裡有個叫白塔的建築物，和通天閣以纜車相連，構造相當獨特。然而，月神樂園在十年後關閉，之後通天閣也經歷火災，又為了籌措戰爭物資而被拆除。現在的通天閣是第二代。

「話說回來……該怎麼說呢？真是充滿大阪風情啊。」

良彥等人在新今宮站下車，沿著眼前的南北幹道朝著通天閣邁進。一踏進新世界中心，良彥便心有戚戚焉地發表了這番感想。

沿著磁磚路筆直往北走，便是擎天而立的通天閣。一路上，串燒、河豚、御好燒等代表大阪的名產店並列於兩旁，每間都極為花俏。不但使用原色裝飾店面，亦掛滿了寫著宣傳詞或招牌菜色的燈籠。除此之外，還有通天閣的官方吉祥物——幸運之神比利肯的巨大爬行像，以及飄浮於上空的大河豚，精神奕奕的攬客聲此起彼落。從看似外國人的觀光客到本地年輕人，形形色色的人們熙熙攘攘。

「請問一下，今天客人多嗎？」

良彥詢問在附近攬客的店員。

「是啊！今天特別多。到了這個時間才變這麼多的情況很少見。」

說著，店員笑咪咪地舉起菜單看板，詢問良彥要不要吃串燒。良彥露出禮貌性的微笑，略感抱歉地婉拒，輕輕地嘆了口氣。看來蛭兒大神的確在這附近。

「良彥！良彥！什麼是串燒？禁止重沾是什麼意思？」

果不其然，好奇心與食欲大受刺激的黃金開始四處亂跑，興奮大叫。良彥厭倦地望著跑來跑去的金色尾巴。他必須趁黃金纏著他買食物之前趕快脫離這裡。

「對了，良彥，《路路步》（註7）說來到大阪就該吃章魚燒，這個非買不可！」

「現在不是吃章魚燒的時候吧！」

幹什麼對《路路步》那麼死忠啊？良彥斥責在腳邊纏著自己買食物的黃金，轉頭對身後的穗乃香說：

「穗乃香，小心別走散了。妳可以抓著我。」

雖然偶爾會看見校外教學的學生，但這裡不是高中女生平時會來的地方。這裡有提供酒精飲料的餐飲店，喝得微醺的遊客不少，必須格外小心。

「好、好……」

穗乃香小聲回答，略帶顧慮地靠向良彥身邊。一靠近身旁，就知道她有多麼苗條、肌膚有多麼白皙。瞬間，孝太郎在水族館所說的一番話重新浮現於腦海中，良彥尷尬地撇開視線。明

註7：原文是「るるぶ」，日本知名旅遊雜誌。

明沒做任何虧心事，他卻莫名緊張。

一行人朝著矗立於前方的通天閣邁開腳步，抵達通天閣的正下方後，又不約而同地抬頭仰望這個地標。

「既然都來到這裡了，祂應該上去了吧？」

蛭兒大神在環球影城裡那麼開心地乘坐史努比遊樂器材，想必也會前往展望室眺望美景。

「……只能爬上去看看了……」

穗乃香再度確認APP。這一帶的塞車資訊尚未解除，蛭兒大神果然還在這一帶。

良彥微微地嘆了口氣，沒想到自己到這年紀還會跑來通天閣。霓虹燈尚未點亮，整座通天閣看起來白白的，樸實無華，但是就近觀看仍然非常壯觀。鐵製的四隻腳支撐著主體，橫跨市道。前方有個註明「展望室入口」的建築物，等候入場的遊客大排長龍，看來蛭兒大神在上頭的可能性很高。

「跟售票員說我們要找神明，請他先放我們進去，八成行不通吧……」

良彥看著沿通天閣一路排到對面串燒店的隊伍，深深嘆了口氣。這種時候，良彥很期待能夠使用神明權限一躍而上，但是神馬一心只想著不能輸給史努比，激動地用馬蹄蹬地；狐神更是直接在章魚燒店門前展開靜坐，沒一個能依靠。無可奈何之下，良彥只好帶著穗乃香來到隊伍尾端排隊。

「……良彥先生，你來過通天閣嗎……？」

隊伍遲遲未前進，穗乃香趁著等候的空檔，略帶顧慮地詢問。在她那宛若可以透視一切的透明眼眸注視下，良彥明明沒打任何歪主意，卻忍不住緊張起來。

「學生時代來過一次，好像還買了比利肯的鑰匙圈。」

良彥追溯當年的記憶，盤起手臂。展望台上有比利肯像，尖頭、瞇瞇眼的逗趣模樣是這一帶的知名象徵。

「穗乃香呢？」

良彥反問，穗乃香有些慌張地回答：

「我、我今天是第一次來……」

「啊，這樣啊？」

仔細想想，她只是高中生，除了學校活動和家人帶她出遊以外，行動範圍應該很有限。畢竟電車車資也不便宜。

「……對不起，讓妳陪我跑到這麼遠的地方來。」

果然不該答應讓她同行。良彥突然覺得很過意不去，開口道歉。穗乃香連忙搖頭。

「是我自己想來的！再說……」

穗乃香把髮絲撥到耳後，垂下頭來尋找言詞，纖細的脖子和形狀漂亮的耳朵露了出來。她再度仰望良彥，努力露出微笑。

「……只要能幫上你的忙，我就很開心了……」

良彥有種心臟被射穿的感覺，不禁把手放到胸口。他一面叫自己冷靜下來，一面慢慢地將視線從穗乃香身上移開，以免顯得不自然。原來近距離看見美少女的笑容是這種感覺？試著冷靜應對的自己顯得莫名滑稽。

現在回想起來，穗乃香的態度比剛認識時軟化許多。即使和自己沒有直接關聯，她還是常常陪良彥辦理差事。對於不知如何處置天眼能力的她而言，與身為差使的良彥行動，或許就等於間接幫助神明吧。事實上，她的建議及行動確實幫了大忙。良彥瞥了站在身旁的少女一眼。良彥感覺得出她很敬重自己，雖然這麼想也許太過自大，但若能替一直懷抱著孤獨的她帶來新視野，也是一件可喜的事。

「良彥。」

坐在章魚燒店前一臉羨慕地望著其他客人購買的黃金似乎覺得沒意思，回到良彥身邊來。

「離開隊伍的人好像越來越多了。」

「咦？啊，真的。」

他光顧著和穗乃香說話，沒有察覺人潮的動向。仔細一看，排在前方的幾個人似乎放棄了，離開原地。

「啊……後面的人也是……」

聽了穗乃香的話，良彥跟著回頭，發現排在自己後方的人也不約而同地離開隊伍。

「看樣子很快就能進入展望室。」

正在模擬假想敵攻擊法的松葉一臉開心地跑過來。

「……是啊……可是，不覺得怪怪的嗎？」

隊伍因為離去的人們而縮短，入口已經近在眼前，良彥卻覺得不對勁，歪頭納悶。為何有這麼多人突然放棄排隊？而且還像說好了一樣，選在同一時間離去。

「……該不會……」

穗乃香猛省過來，仰望頭頂的通天閣。

「蛭兒大神老爺已經下來了……？」

這個可能性似乎很大，良彥不禁皺起眉頭。由於人潮洶湧，他一時之間沒想到。仔細想想，突然產生這麼大的轉變，這是唯一說得通的解釋。

「……這麼說來，蛭兒大神老爺在這附近？」

松葉話才說完，便一面呼喚主人的名字，一面拔足疾奔。

「啊，等等，松葉！」

良彥等人也連忙追趕奔向餐飲街的松葉。

既然蛭兒大神會吸引人潮，只要尋找這一帶最為熱鬧的地點即可——良彥在這個前提之下環顧四周。折返的餐飲街依然人山人海，下了通天閣的蛭兒大神應該還待在這一帶，或許祂進了某間店。

「每間大排長龍的店都去看看吧！或許祂在店裡吃東西！」

良彥設法捉住暴衝的馬，如此提議。雖然費力，這卻是最確實的方法。

「無可奈何，我就幫你們找吧。」

黃金嘆了口氣，下一瞬間便帶著喜孜孜的眼神抬起頭來。祂的嘴角似乎有看似口水的液體，可是良彥的錯覺？

「良彥，你和天眼的女娃兒一起找。走吧，松葉！」

良彥還無暇叮嚀，黃金便使出媲美剛才松葉狂奔時的氣勢，帶著松葉一起消失在餐飲街的人群之中。

「那傢伙……鐵定是想吃東西……」

良彥帶著難以言喻的無力感喃喃說道。金色尾巴已然不見蹤影，或許良彥該在事情演變至此之前買點東西餵祂吃的。

「……哎，祂好歹是神明，應該不會給人添麻煩吧……」

良彥如此告訴自己，重新整理心情。仔細想想，那隻狐狸又不是自己養的寵物，為何得照顧祂的飲食？照理說，祂應該是不用進食的，卻貪吃成那副德行，到底是怎麼回事？

「走吧，穗乃香。」

良彥呼喚。不知何故，他已開始感到疲憊了，而穗乃香正目不轉睛地凝視著另一個方向。

「穗乃香？」

良彥再度呼喚，穗乃香回過神來應了一聲：

「是！」

「妳是不是看見蛭兒大神啦？」

「啊，不是，是我看錯了……」

穗乃香略微動搖，視線游移，臉上浮現些微笑意。

良彥和穗乃香一起確認所有大排長龍的店，但未發現蛭兒大神的身影。不僅為數眾多的串燒店，還有烏龍麵店、壽司店，他們都逐一搜找。為了慎重起見，他們連通天閣北側的餐飲店也沒放過，甚至連牛雜鍋店和御好燒店都檢查一遍，但依然不見花俏的福神。詢問店員，店員也說這樣的人沒來過。

「哎，如果有穿得這麼花俏的人上門，他們應該有印象……」

良彥再度折返通天閣南側，並在關注已久的店門前停下腳步。老實說，這裡的隊列最長，但是礙於外觀，良彥一直認定不可能是這裡，並未加以確認。如今找遍其他地方都不見蹤影，除了這裡以外，別無可能了。

「你果然也找到這間店來了？」

就在良彥與穗乃香一起呆立於店門前時，黃金和松葉從人群縫隙之間走過來。

「祢那邊的情況如何……祢吃了什麼東西？」

良彥板著臉孔詢問嘴巴周圍都是醬汁的狐神。

「我、我什麼也沒吃！只是不小心沾到汙垢而已！」

黃金舔拭嘴邊，如此掩飾。不小心沾到的汙垢應該不會散發美味的香氣吧？

「差使兄，我們也找了許久，但是一無所獲。」

「果然，我們這邊也沒收穫。」

良彥拍了拍失落的松葉背部，再次仰望最後剩下的店。

「……我本來以為祂不會跑到這裡來……」

這間以「惠比須」為名的店，賣的似乎是串燒和鐵板燒。入口上方有個巨大的惠比須神紙紮塑像，店門前還有個坐在米袋上的惠比須神像，以及附有惠比須神臉孔的竹耙等吉祥物，可說是琳瑯滿目。這些花俏的擺飾的確很有大阪的風格。

「店家這樣大打自己的廣告，鐵定不好意思進去……」

畢竟自己的名字就是店名。如果有間店名叫「良彥」，還懸掛自己的照片，良彥一定會全力逃離。

「要是我，大概也不敢進去……」

良彥身旁的穗乃香也發出同樣的感想。一般人應該都這麼想吧。

「不過，只剩下這裡了吧？」

擦掉醬汁的黃金一臉好奇地望著這間店。

「話是這麼說沒錯……可是，我個人不太希望祂在這裡……」

會這麼想，可是因為人類器量狹隘之故？神明原本就是受人奉祀的對象，或許不會為了這種小事動搖。

就在良彥反覆尋思之際，自動門開了，隨著送客店員的「謝謝光臨～」招呼聲，身穿鯛魚圖案和服的男性現身。

「多謝招待。」

男性心滿意足地道謝。祂那大大的耳垂和豐腴的下臉頰，良彥絕不會認錯。

良彥五味雜陳地揚著眉頭。

「——蛭、蛭兒大神老爺！」

松葉淚眼婆娑地大叫，宛若相隔幾十年再度重逢。

⛩

「我並不是對松葉有任何不滿。」

離開商店林立的街道，良彥等人來到附近的投幣式停車場入口聽蛭兒大神解釋。他們已經目送好幾輛見了「客滿」字樣而遺憾離去的車子。

「只是一能走路，就有種非走不可的感覺。」

一發現主人的身影，松葉便以近乎衝撞的氣勢奔上前去。蛭兒大神再度溫柔地撫摸祂。

「突然能夠走路，我知道祢很開心，但是至少先跟松葉說一聲再走嘛！」

良彥拍了拍從剛才便不斷啜泣的松葉屁股，望著蛭兒大神說道。紅色的風折烏帽子、鯛魚圖案的和服，還有腳上的草鞋——祂現在用自己的腳穩穩站著，令人不禁懷疑祂原本是否真的不良於行。

「抱歉，我一穿上這雙草鞋，就覺得必須立刻出門。」

蛭兒大神撫摸松葉的脖子安撫祂。

「聽說連祢也不知道這雙草鞋的由來，是真的嗎？」

黃金頻頻打量蛭兒大神的腳，如此問道。

「看起來只是雙極為尋常的草鞋……」

「是啊，我也不知道這雙草鞋怎麼會在我的神社裡……」

蛭兒大神說道，臉上依舊帶著柔和的笑容。對祂而言，自己現在能夠行走或許遠比這雙草鞋的來歷重要。

「哎，不管草鞋是從哪來的都無所謂，祢快回神社吧！三天後不是有例行祭典嗎？主角不在，要怎麼開場？」

蛭兒大神是在前天離開神社的。不管祂玩得再怎麼開心，現在都得先回去一趟，等到祭典結束恢復常態之後，再帶著松葉出門就行了。然而，聽了良彥的話語，蛭兒大神卻垂下眼睛，默默不語。

「……很遺憾，差使兄，我辦不到。」

「咦……？」

良彥沒想到蛭兒大神會斷然拒絕，不禁啞然無語。他望著眼前的男神，感受到一股近似覺悟的決心。

不久後，蛭兒大神大大地嘆一口氣，把視線轉向自己的眷屬。

「……松葉，祢就代替我成為祭神，主持例行祭典吧。」

一瞬間，松葉露出不解其意的表情。

「等到祭典結束以後，隨祢愛去哪兒就去哪兒，自由自在地過活吧！祢是很優秀的神馬，侍奉其他神明也不成問題。」

「……祢、祢在說什麼？蛭兒大神老爺！這麼說活像……」

接下來的話，松葉說不出口。

要祂自由自在地過活，等於是解除主僕關係。

「祢不打算回去了？」

黃金代替松葉詢問，雙眼注視蛭兒大神。

「祢想要遊山玩水什麼時候都行，更何況祢擁有那雙草鞋。何必無視眷屬的懇求，拒絕回到神社呢？」

說來意外，黃金的口吻並不嚴厲。祂不是在譴責蛭兒大神，只是單純感到疑惑。

「就、就是說啊！不用想得那麼嚴重嘛！先把祭典辦完再出門就好啦！」

良彥也跟著附和。畢竟蛭兒大神不回神社，差事就無法結束。

蛭兒大神皺起那張柔和的臉龐，痛苦地說道：

「我必須前往這裡以外的某個地方。我不知道那個地方在哪裡，只能慢慢尋找。打從穿上這雙草鞋的那一刻起，就有另一個我對我如此呢喃。」

「蛭兒大神老爺……」

松葉無助地呼喚主人的名字，穗乃香摸了摸祂的背部安慰祂。

蛭兒大神用雙手輕輕捧起侍奉自己的眷屬的臉，一臉懷念地望著祂的綠色眼眸。

「松葉，祢侍奉我約有千年，不知何故，有時候我看著祢，便會萌生一股懷念之情。我總覺得我們相識的時候，不，是更早以前，祢就已經存在於我想不起來的記憶之中。」

蛭兒大神撫摸松葉的臉頰、脖子及鬃毛之後，才溫柔地放開松葉。

「對不起，松葉，還有方位神老爺及差使兄……」

祂臉上浮現的柔和笑容似乎隱藏了所有感情。

「我非去不可，必須用這雙腳找到那個地方。」

「可是，就算要找……」

祂打算去哪裡？具體上要怎麼找？有線索嗎？良彥本想追問，但說到一半就打住了。究竟是什麼力量驅使蛭兒大神這麼做？良彥原本認為祂只是在觀光，看來並非如此。

「我還以為是這裡，可是實際一看……似乎不對。」

蛭兒大神望著從此處也可看見的通天閣，喃喃自語。

「我已經找了這麼久……」

蛭兒大神凝視著腳上的草鞋，不久後祂抬起頭來，露出悲傷的笑容，又道歉一次。

「保重，松葉。」

蛭兒大神微笑說道，隨即如風般消失無蹤。只有黃金移動視線，追逐祂的蹤跡。

松葉呼喊主人名字的聲音響徹四周。

廾

良彥拉著失神跌坐在地的松葉設法回到西宮時，太陽已經開始西斜。三天後即將舉辦例行祭典，當天有稚兒遊行，前一天還有宵宮祭，神職人員與祭典協會的會員們全都忙進忙出。

「……全完了……」

本殿深處，被搬進蛭兒大神房裡的松葉橫臥在地，動也不動地重複這句話。

「蛭兒大神老爺拋棄我和這座神社……」

雖然黃金也幫了點忙，但幾乎是良彥獨力把松葉扛回來的，累得他倒在房門口，使用過度的右膝隱隱作痛。雖說是眷屬，但沒想到自己居然得扛著馬走路。

「或許蛭兒大神老爺有祂的考量……」

穗乃香在松葉身旁努力安慰祂。良彥緩緩撐起身子，重新坐好，看著失魂落魄、眼神發直的松葉。敬重的主人要祂自由過活，聽了這種近似放逐的話語，祂當然大受打擊。

「哎，黃金。」

良彥護著右膝坐下，悄悄呼喚身旁的狐神。

「萬一蛭兒大神真的不回神社，會有什麼後果？」

黃金有些不情願地豎起一隻耳朵。

「這裡應該會納入其他神明的管轄，在那之前，只能靠眾精靈設法維持。不過，說來不知是幸或不幸，這裡是奉祀福神的場所，有虔誠的氏子，也有許多貪婪的凡人。光靠精靈之力，能夠支撐多久呢……」

聞言，良彥苦著臉抓了抓腦袋。他想起從前阿杏曾說明過神明離開轄區，會造成什麼影響。根據祂的說法，附近的花草樹木和動物都會因此喪命。

「……蛭兒大神老爺力量衰退之事，我也發現了。」

松葉似乎聽見了良彥他們的談話，喃喃說道。

「凡人對於生活的感謝越來越少，自私自利的願望越來越多……不過，蛭兒大神老爺總是帶著微笑仔細傾聽。祂說祂喜歡這片土地上這些大而化之又熱鬧的凡人。」

說著，松葉望著幾乎淹沒了房間的各種供品。

「雖然這裡放不下全部，但蛭兒大神老爺一直像這樣珍藏著凡人進獻的供品。祂就是這麼一尊重情重義的神，我也是承蒙蛭兒大神老爺收留才有今天……」

初次聽聞這個故事，良彥不禁抬起頭來。松葉垂著眼睛繼續說道：

「一千年前，我是被惡質馬幫使喚的馱馬，由於搬運過多貨物而罹病身亡。蛭兒大神老爺憐憫我，點選我為眷屬，賜我身體及名字。」

松葉想起遙遠昔日的往事，視線搖曳著。

「從前，這座神社的前身神宮附近有一片十分美麗的白色沙灘和青翠松林，還有棵高高矗立的巨大松樹，是旅人及漁夫的標記。據說蛭兒大神老爺曾經坐在某個凡人的背上走過那片沙灘。祂說那個凡人離開人世後，祂還是時常想起這件事。」

莫非那個凡人就是將蛭兒大神從海裡打撈起來的漁夫？良彥繼續傾聽松葉的話語。

「我重生為眷屬之後，蛭兒大神看我的眼珠是綠色的，便替我取名為松葉，並要我從今以後與祂結伴而行。如今，那片沙灘已經不在了，但是祂看見我，仍然會流露懷念的神情，宛若將我的身體看作那片沙灘，並看著那個凡人背著神明迎面走來一樣。」

聞言，良彥突然想起剛才蛭兒大神所說的話。

「祂說看到松葉就會萌生一股懷念之情，是因為這個緣故……？」

聽祂的口氣，似乎連自己因何懷念都不記得了。

「對，應該是……」

松葉點了點頭，垂下耳朵。

「蛭兒大神老爺的記憶逐年消失，八成已經不記得當年的事……」

「這樣啊……」

良彥有種恍然大悟的感覺，吐了口氣。他總算明白松葉過度強烈的忠誠心是怎麼來的。

「這麼溫柔的蛭兒大神老爺，居然會擱下神社和凡人不管，遠走他鄉，我實在不敢相信……」

說著，松葉淚眼盈眶，開始嗚咽起來。良彥倚著入口的柱子，盤起手臂沉吟。

松葉說得有理，蛭兒大神如此喜愛此地的凡人，為何一能走路就彷彿性格大變似地一走了之？實在太奇怪了。

「果然是那雙草鞋造成的……？」

除了讓祂走路的作用以外，莫非還有催眠祂離開神社的效果？

「那雙草鞋本來是放在這裡嗎……？」

穗乃香略帶顧慮地詢問陷入沉思的良彥。

「對，本來好像是放在那個黑色盒子裡。」

良彥指著那個漆盒，穗乃香把它從架子上輕輕拿下來，打開蓋子，一臉詫異地拿起裡頭的褐色松葉。莫非這就是現在已經不存在的那片沙灘旁的松樹樹葉？

「蛭兒大神老爺雖然說祂不記得……」

穗乃香把松葉放回盒子裡蓋上蓋子，並撫摸表面的金色松樹蒔繪（註8）。

「但祂把草鞋收藏在這樣的盒子裡，一定是格外珍惜吧……」

聞言，良彥重新環顧房內。

「……的確，這裡沒有別的漆盒……」

牆邊的架子上擺放著布偶、娃娃、刀及酒瓶等物品，其他小陶器則是裝在原色木盒裡。良彥打開手邊木盒，裡頭裝著惠比須人偶和有小孩拙劣字跡的老舊繪馬，其他盒子裡裝的八成也是供品吧。草鞋收在唯一的漆盒裡，想必意義非凡。或許蛭兒大神知道穿上草鞋會有這種後果，所以一直沒穿，只是放在身邊而已。

「這是別人送祂的嗎……？」

穗乃香喃喃說道。良彥含糊地「唔」了一聲，看她一眼。

「可是，誰會送不能走路的神明草鞋啊？」

「或許是寄託了心願……」

註8：在漆器表面漆上圖案，並趁著未乾時撒上金、銀粉，使其附著於表面的日本傳統工藝。

「心願？」

穗乃香的透明視線捕捉了反問的良彥。

「比方說，希望蛭兒大神老爺能夠走路的心願……」

聽了這句話，良彥瞪大眼睛。良彥一直是以蛭兒大神不會走路為前提來思考這件事，因此只覺得祂擁有這雙草鞋很怪異。

「對喔！神明能把凡人的心意化為力量……」

過去邂逅的眾神閃過良彥的腦海。前陣子，他還曾見過一尊只是依偎著孝太郎就變回美豔模樣的女神。

「或許是人類進獻的物品……」

即使神明喪失記憶，依然包覆著祂的心意。

「……這裡的供品並不是蛭兒大神老爺收到的全部……」

聆聽兩人對話的松葉緩緩抬起頭來，撐起身子。

「蛭兒大神老爺親手記錄了所有供品，清冊現在還留著。我一直以為那雙草鞋是神寶，沒想太多……」

深綠色的視線仰望大量書卷和線裝書，有些書籍表面已經變色，變得脆弱不堪且有多處破損，留有修補的痕跡。良彥翻開一看，只見裡頭詳細記錄著誰為了什麼目的進獻了什麼物品。

「這些全都是蛭兒大神親筆寫的……？」

自從受到奉祀以來，祂記錄了所有供品？幸虧不是草書，良彥勉強看得懂。都是闔家平安、漁獲豐收等淺顯易懂的字句，也是值得慶幸的一點。

「對。還有些是因為紙張損壞而重新謄寫……」

松葉把視線轉向良彥，要他觀看角落的數字。開頭寫有皇紀的數字，指的似乎是年號。

「我不知道那雙草鞋的由來，但可以確定的是，那不是我侍奉蛭兒大神老爺之後進獻的物品。這代表蛭兒大神老爺是在我侍奉祂之前就獲得這項物品……」

良彥察覺松葉的言下之意說道：

「……換句話說，如果這是供品，千年以前的清冊很可能留有紀錄？」

松葉望著良彥，點頭肯定他的問題。

「雖然是個浩大的工程，但只要知道那雙草鞋的由來，或許能找出方法，把蛭兒大神老爺帶回來……」

良彥不知道蛭兒大神是什麼時候被從海裡打撈起來、奉祀於此地，也不知道這些供品清冊有多少是處於還能夠閱讀的狀態。

不過，面對松葉那雙帶著心酸神色的森林綠眼眸，良彥說不出「辦不到」。

「……好吧。」

與松葉對望片刻之後，良彥認輸地嘆了口氣。

「反正能做的也只有這件事。」

良彥抓了抓腦袋，如此說道，突然又望向穗乃香仍拿在手上的漆盒。昨天他看見漆盒時並未多想，不過現在仔細一看，漆盒的圖案是松林，而盒中除了草鞋以外，還有一對松葉。

「……哎，松葉，祢說蛭兒大神曾經坐在人類背上，走過一片有松樹的沙灘，對吧？」

面對良彥突如其來的問題，松葉露出訝異之色。

「對，沒錯……」

「那片沙灘現在還在嗎？」

西宮一帶的海岸幾乎都成了海埔新生地。聽說發生震災之後，街景也變了。

「不，很遺憾，白沙和青松已經不存在了。」

果不其然，松葉嘆息著搖頭。

「武庫川的河口位置也和當年不同，景色完全變了……不過……」

「不過？」

松葉的眼神像是突然想起什麼，因此良彥如此詢問。

神馬緩緩地轉動視線，抬起頭來。

「不過，那棵松樹或許還——」

四

「惠比須老爺，祢感覺如何？」

從海中打撈起來的蛭兒大神坐鎮於新神社之後，喜助仍常常來探望祂。之所以選擇這片看得見一棵松的海灘做為新神社，不只因為這裡在廣田的南宮境內，更因為喜助從家裡或往返捕魚的路上，都可以看見這棵樹。和神明看著同樣的樹，讓他感覺神明近在身邊。就這一點而言，被他稱為惠比須的蛭兒大神也一樣。

「今天是好天氣，一棵松看得很清楚。對了，外國來的船好像入港了，我送魚貨的時候，看見好多新奇的玩意兒。要是惠比須老爺也能一起去看看就好了。」

喜助總是隨興地和蛭兒大神聊天，把每天的瑣事描述得既生動又有趣。家人、漁夫朋友的趣事，最近流行的遊戲及無關緊要的傳聞。對於無法離開原地的蛭兒大神而言，這是段快樂無比的時光。

「話說回來，這雙接上去的腳一直出問題耶。」

喜助望著神像的腳，一臉擔心地皺起眉頭。不知是不是反映了蛭兒大神的特徵，祂化成的神像從海裡打撈起來時，腳部便已經嚴重受損。喜助不知道蛭兒大神的腳原先就無法站立，覺得祂可憐，便替祂修補了這個部分。喜助原本就有一雙巧手，擅長製作工藝品。雖然這麼做無法治好蛭兒大神天生殘疾的雙腿，但喜助的心意令祂十分高興。

「唯獨這個部分會爛掉，為什麼呢？這樣要怎麼走路？」

喜助說得活像神像隨時可能走動似的。他盤起手臂思索，蛭兒大神滿懷感動地看著他。

因為雙腳無法站立而被父母流放大海。

在安靜的海裡默默地隨波逐流。

為何他如此關懷這樣的自己？

自己已經有多久沒嘗過這種溫暖的滋味？

「下次我捕到大魚再送來給祢。吃了這裡的魚，一定很快就能好起來。」

喜助像個朋友般如此說道。如果他真的是朋友，該有多好——蛭兒大神如此暗想。

在一棵松下，一面看海，一面談心的朋友。

「惠比須老爺來了，大家都覺得多了個靠山，開心極了。」

除了漁夫以外，最近也有商人聞風前來參拜。形形色色的凡人前來造訪惠比須神，感謝當日的糧食，祈求明日的糧食。海風橫渡白沙青松，將人們的微小喜訊送到惠比須神身邊。

「以後也請祢繼續關照啦！」

喜助真誠地合掌，蛭兒大神悄悄地立誓。

——我向你保證，喜助。

坐在他背上走過的那片沙灘、看到的那棵松樹，比過去所見的任何事物更為美麗。

——我一定，一定會……

不知幾時睡著的蛭兒大神被過去的自己喚醒，微微睜開眼睛。祂在大阪及奈良交界的山裡坐下來休息，不知不覺間竟然打起盹。祂似乎做了個揪心的夢，但是想不起內容，只留下心酸的感覺。黎明將至，從樹木枝葉縫隙間可看見天空微微泛白。

山豬帶著背上仍留有條紋的孩子經過，向福神點頭致意。蛭兒大神面帶微笑地目送牠們離去，踩著落葉站起來。走了一會兒，祂來到一個視野開闊的場所，腳下是懷抱眾多高樓大廈的大阪平野，甚至連前頭的大阪灣也一覽無遺。

「……咦？凡人的房子什麼時候變成這麼多？」

蛭兒大神活像還沒睡醒，迷迷糊糊地喃喃自語，將視線移向隱約可見的大海。對於被放在船上流放的祂而言，大海令祂懷念，也令祂五味雜陳。

「……話說回來，我尋找的好像是有海風的地方？」

蛭兒大神用略微嘶啞的聲音說道，緩緩掬起在腦中微微成像的畫面。

「……好像是擎天而立的某種東西……」

摩天輪、京都塔、高樓大廈、環球影城、大阪城、通天閣，祂去過各種巨大建築物，但每一個都不對。

「應該就在某個地方……對吧……」

蛭兒大神猶如在徵求贊同，打算呼喚某個名字，卻不知道那是誰的名字，連祂自己也感到困惑而閉上嘴巴。祂是想叫松葉？還是其他人？

然而，一瞬間，腦中映出白色的沙灘。

「沙灘……」

腳下的草鞋似乎在發燙。就像是受到觸發般，蛭兒大神緩緩睜大眼睛。

「對了……是那裡！」

猶如海風吹散霧氣，一幅景色在腦中鮮明地重現，蛭兒大神的身體下意識地發抖。

那裡確實有棵在藍天之下開枝散葉、擎天而立的高大松樹。

廾

清晨，好不容易挨到首班車發車的時間，良彥溜出本殿，搭乘電車往東移動三站，來到一個住宅環繞的小廣場。

良彥不能要一個高中女生大清早地陪他東奔西跑，便趁著昨晚讓穗乃香先回家，自己則幾乎一夜未眠，與供品清冊大眼瞪小眼。到了早上，他帶著某種確信來到這裡。不過，究竟是守株待兔比較快，還是再次出動攔截比較快，他可就沒把握了。

「你找到那個地方了嗎？」

雖然名為公園，但是這裡並沒有遊樂器材，無論做什麼都嫌過於狹窄。然而，園區正中央有棵樹齡尚淺的松樹，在柵欄環繞之下矗立著。

良彥呼喚站在柵欄邊的祂。

蛭兒大神轉過半邊身子，露出困擾的笑容。

「哪有什麼找不找得到可言？那個地方已經消失了。」

聞言，良彥身旁的松葉瞪大眼睛。

「祢想起來了？」

黎明將至的住宅區依然靜謐無聲。一股冰涼的冷氣從腳下的土地爬上來。

「想起來了……是啊，我甚至忘了自己遺忘什麼事。就這一點而言，的確是『想起來了』。」

蛭兒大神自嘲地說道，仰望眼前的松樹。

「原來我是在找一棵松……」

良彥來到蛭兒大神身邊，仰望朝著淡色天空伸展枝枒的松樹。

「我也是聽松葉說起，才知道原來還留著。聽說這是第五代。」

良彥腳邊的黃金也一樣仰望著松樹。蛭兒大神坐在凡人背上走過的那片一棵松所在的海灘，早已成了海埔新生地。不過第一代的一棵松枯萎之後，又以第二代、第三代的形式代代傳承，現在位於此地的第五代是昭和五十三年種下的。說來遺憾，第一代的種子並未保存下來。

但是住在這片土地上的人們，至今仍然繼續傳頌一棵松的故事。

「……第一代的一棵松位於更西邊。」

不久後，蛭兒大神開口喃喃說道：

「化為神像的我被從海裡打撈起來的時候，這裡的南邊是海。現在被稱為武庫川的河川每逢大雨就會氾濫，時常改變河道，帶來上游的沙子，因此才形成那片美麗的白色沙灘。」

說到這兒，蛭兒大神有些懷念地微微一笑。

「穿上這雙草鞋時，我一直覺得自己必須前往某個地方。我走過許多土地，體驗了過去未能體驗之事，但依然無法滿足。身體裡有道聲音湧上來，告訴我『不是這裡』。不過，剛才我在山上眺望大海時，腦中突然迸出那幅光景。」

蛭兒大神憶起當時的景色，閉上眼睛。

「我尋找的是一棵松所在的沙灘。」

一望無際的白沙與松林，其中最為醒目的就是一棵松。出海捕魚的船隻、入港的船隻、航向京城的船隻往來交錯的碧海。

「為什麼……為什麼我現在突然想回到那片沙灘呢……」

比任何人都更加近距離見證了此地變遷的正是祂。祂明明知道隨著文明發展，景色逐漸改變，一棵松和那片沙灘早已不復存在。

「應該是那雙草鞋造成的。」

良彥看著記憶仍然模糊的蛭兒大神說道。

「那雙草鞋是某個人將心願寄託其中，進獻給祢的。」

昨天，穗乃香把部分書卷和清冊帶回家中。她八成和良彥一樣挑燈夜戰，而在剛才，她終於聯絡了良彥。

她在龐大的資料中發現進獻草鞋之人的名字。

「進獻的理由是『祈求惠比須神早日康復』。為了治好神明的疾病而進獻供品給神明，說來也挺奇怪的，或許是帶有鼓勵之意吧？雖然我不知道理由，不過那個人應該曉得蛭兒大神不能走路或行動不方便。」

這些都是一千多年前的事了，良彥無法靠一己之力正確地證明全貌。

「進獻草鞋的人叫喜助。」

這是昨天松葉提到的名字。

良彥望著蛭兒大神，平靜地說道：

「就是把祢從海裡打撈起來的漁夫。」

蛭兒大神臉上的笑容消失了，祂只是茫然呆立，凝視著良彥。

「我有個種稻的朋友送了一些稻草給我。」

喜助來訪並說出這番話，是什麼時候的事？

「我平常不穿草鞋，花了好大一番功夫才做好的。」

他拍了拍自己髒兮兮的腳底，露出笑容。當時，鞋子是上流階級的人在穿，對於平民百姓而言並非唾手可得之物。

「不過，有了這個，祢用受傷的腳走起路來應該會輕鬆一些。」

蛭兒大神從未像當時那樣心潮澎湃。

祂一直以為鞋子對於不能走路的自己而言，是八竿子打不著關係的物品。但是喜助居然如此為祂著想，讓祂幾乎喜極而泣，彷彿有股暖意流進了只能維持神像姿態的身子裡。

——喜助，我對你的感激之情怎麼也道不盡。

——現在我無法離開這裡，不過，等到以後我能夠自由行動，我一定會穿上那雙草鞋。

到時候，你可願意再次與我結伴而行？

前往一棵松所在的那片沙灘。

蛭兒大神虛脫地踉蹌幾步，松葉趕緊衝上前支撐祂。電車發出嘈雜的噪音，駛過附近的高架道路。遠處傳來機車引擎聲，民宅的燈亮起來。城市逐漸醒來。

「待長年的漂流生活消耗的力量恢復，我終於能夠自由維持神明之姿時……喜助已經因病離開人世。」

蛭兒大神抓著松葉的鬃毛，逐一確認甦醒的記憶，緩緩開口說道。

「後來，我覺得沒有喜助就失去了意義，便把這雙草鞋收起來。連同一棵松的葉子……」

蛭兒大神用雙手摀住臉龐，嚎啕大哭。

「為什麼……為什麼我竟然忘了！忘了在海裡發現我、奉我為神、比任何人都更加擔心我這雙腳的朋友！打從心底期待與他結伴而行的朋友……」

那天因為一時好玩而穿上的草鞋，在隔了一千多年後的今天，依然忠實傳達喜助的心意——但願惠比須老爺能夠走路、能夠跑步，雙腳不再疼痛。

然而，當祂終於靠自己的雙腳站起來時，製作這雙草鞋的人已經不在人世。

「祢認為只要找到一棵松，就能找到喜助，對吧？」

良彥不知道從前那棵松樹有多麼高大、多麼被人們喜愛，不過，對於終於重返陸地的蛭兒大神而言，或許那是希望的象徵。

坐在喜助的背上走過的那片沙灘，或許比故鄉更為重要。

「現在穿上這雙鞋，又有什麼用！喜助已經不在了，那片沙灘也不在了，落下長長影子的一棵松也……」

蛭兒大神的嗚咽聲在安靜的公園裡迴響。找回失去的記憶之後，發現自己渴望的事物已經一個也不剩。這種空虛感多麼強烈啊！

「……是啊。人總有一天會死，樹木會枯萎，景色會改變。有時候是因為文明發展而消失，有時候是因為災害而消失。」

良彥的布鞋踩著沙子，發出了沙沙聲。

「祢現在穿上這雙草鞋，或許就是為了見證人類城市的發展吧。」

良彥一直身受其惠，卻從未注意過背地裡因此消失的事物。

「哎，祢再回想看看。」

良彥配合蛭兒大神的視線高度，在祂身旁蹲下來。

「喜助離開人世，沙灘也消失之後，祢為什麼沒有離開西宮？」

恢復力量的蛭兒大神若有此意，即使不能走路也能遷移到其他地方。看著心靈相通的人過世，充滿回憶的場所跟著消失，祂應該很難過。然而，蛭兒大神依然沒有離開那座神社。

「……彌彥的長男獻上泥丸子一顆。」

聽了良彥的話語，蛭兒大神抬起頭來。

「宗助的次女獻上橡實五顆，阿芳的妹妹獻上鴨跖草花一朵……我本來以為供品都是些很不得了的東西，沒想到這類東西這麼多，讓我很意外。」

這些是良彥在清冊中看見的紀錄。的確，也有為了祈求漁獲或農作豐收而進獻的魚、米、紡織物或絲絹，但是蛭兒大神受到奉祀的初期，幾乎都是這類疑似小孩贈送的不值錢物品。

「即使只是一顆泥丸子、一朵花，蘊藏其中的心意還是讓祢很開心，對吧？所以祢才鉅細靡遺地記錄下來。」

不久後，惠比須信仰開始廣為流傳，越來越多人前來參拜，但是蛭兒大神依然繼續記錄。無論是再怎麼微不足道的小東西，對祂而言，都是凡人真心誠意獻上的寶物。小孩留下的草船如是，松球製成的人偶亦如是。

「……大家都把我當成神明愛戴。」

蛭兒大神喃喃說道。

「喜助過世以後，繼承他遺志的凡人一直很熱心照顧我……而且帶著親愛之意，稱呼我為『惠比公』……」

對於長年忍受孤獨的蛭兒大神而言，那是段幸福至極的時光。與凡人交流，感謝凡人，受到凡人感謝，同甘共苦。

祂喜歡這塊土地上這些大而化之又溫柔善良的凡人。

「——啊，我想起來了。」

蛭兒大神臉頰帶淚，仰望著迎接黎明的天空。

——我向你保證，喜助。

那一天，祂對合十膜拜的他立誓。

那是發自內心的願望。

——我一定會保護這裡，保護你深愛的這片土地以及凡人。

即使在你的生命走到盡頭之後。

「……到頭來，我還是沒能保住沙灘……」

蛭兒大神仰望第五代的一棵松。等到這棵松樹長得和第一代一樣粗壯高大時，這座城市不知會有多少變化？

「是啊，喜助……我必須保護這塊土地上這些把我奉為神明、持續愛戴我的凡人。」

或許這就是以福神之姿坐鎮於這塊土地上的蛭兒大神使命。

「喜助已經不在，那片沙灘也不在了。不過，還有我。」

松葉支撐著起身的蛭兒大神，輕輕將祂的頭靠向主人。

「今後與蛭兒大神老爺結伴而行的是我。」

「松葉……」

蛭兒大神再度淚水盈眶，緊緊抱住神馬的頭。

「……是啊，祢是該負起命名的責任。」

一直靜觀其變的黃金在良彥腳邊喃喃說道。

「命名的責任？」

良彥反問，黃金瞥了掉落在柵欄內的松葉一眼。

「你不知道嗎？良彥，松葉通常都是兩根一對。」

看著幾乎是盲目愛戴主人的神馬，黃金有些啼笑皆非地抽了抽鼻子。

「打從一開始，祂們就註定要結伴而行。」

留在漆盒中的褐色松葉突然閃過腦海，良彥懷想著蛭兒大神稱之為朋友的男人。

那對松葉應該是蛭兒大神親手放進去的，裡頭蘊含祂的心願。

並替神馬起了同樣的名字，將希望寄託於祂。

「……是啊。放祂一尊神不管，祂就囉哩囉唆的，祢還是快把祂領回去吧！」

高架道路彼端的東方天空是紅色的。今天太陽仍舊會升起，照耀這個時代。雖然景色改變，人們生生死死，但是神明依然坐鎮於這片土地。

縱使力量與記憶衰退，依然愛護著凡人。

良彥從牛仔褲口袋中拿出智慧型手機，離開原地——為了向八成仍然醒著等候消息的她轉達事情的始末。

⛩

蛭兒大神歸來，例行祭典順利舉行。從前一天的宵宮祭開始，兒童神轎和樂車遊行等活動熱熱鬧鬧地展開。今天在發輴祭之後，緊接著登場的是陸上出巡，由先太鼓打頭陣，童女、人形淨琉璃（註9）、八少女等身穿平安裝束的隊伍，加上醒目的紅色蒲團太鼓及女性扛抬的女神轎，一行人浩浩蕩蕩地在神社周邊遊行。除了吸引眾人目光的華麗隊伍以外，連商店街的吉祥物也加入行列，使得出巡在莊嚴之中額外增添一股溫馨。

現在，蛭兒大神被移到纏著五色布的船上，與神職人員一同橫渡西宮的大海。海上出巡的目的是舉辦風祭，以鎮撫船隻的大敵——強風。

打從陸上出巡便在場觀賞的良彥，帶著穗乃香與黃金來到可以清楚看見風祭過程的海灘。附近有個遊艇港，海面上有不少遊艇和從事滑水等水上運動的人。但他們一聽到神樂，便往其他海域移動，以免打擾神事進行。古砲台遺址所在的海岸上有些正在烤肉的家庭，他們一看見載著神職人員的船隻靠近，便跑到前灘看熱鬧。

「喔，來了、來了。」

良彥遮擋著刺眼的陽光眺望海面，發現駛向海灘的船隻。插著各色旗幟的船隊和晴朗的秋季天空相映襯。由先祓船打頭陣的船隊之中，有一艘載著神像的御座船，船頭插了株巨大的紅淡比做為依代。仔細一看，騎著松葉的蛭兒大神正在一旁舒適地吹著海風，平時的鯛魚圖案和服變成鮮豔的金色狩衣，腳上穿的則是那雙草鞋。

「站那麼前面，小心掉下去。」

在等著觀賞海上出巡的圍觀遊客之中，黃金如此喃喃說道。

「哎，就算掉下去，也可以重現惠比須神被從海裡打撈起來的那一幕，沒什麼不好的。」

據說這個祭典的由來，就是惠比須神被從海裡打撈起來至坐鎮神社之間的傳說。

「這可是神事啊！主角落海像話嗎？」

黃金恨恨地踩了打趣的良彥一腳。

「聽說出巡祭自織田信長的時代以來，中斷了四百年……」

穗乃香壓著海風吹拂的髮絲說道。

「直到幾年前，才經由市民之手復辦……」

聞言，良彥再度望向在海上整隊的船隻。

昔日的白沙青松已不復在。

然而，神與人之間的約定依然持續著。

註9：日本傳統戲曲之一。由太夫說唱故事，操偶師操偶演出，輔以三味線等配樂。

抵達神社正南方的海域，神職人員開始進行傳統儀式。完成修祓與宮司上奏祝詞之後，在眾多民眾的見證之下，身穿平安裝束的八少女將切麻（註10）撒向大海。橫渡海面的風將切麻吹得如同雪花一般紛飛。

「繁榮昌盛！」

聽聞這道突然響起的聲音，目光全被切麻吸引的良彥轉過視線，只見御座船的船頭上，蛭兒大神站在松葉的背上，打開金色扇子。

「風平浪靜，賜福予海，賜福予土地，賜凡人笑容與幸福！」

隨著這句話，金色粒子從扇子飄向上空，迸裂散落。這些粒子在風的吹送下，不光是海邊，也飄向了市區，宛若金色雲朵降下的細雨。

「好漂亮……」

在其他人看不見的光雨中，穗乃香喃喃說道。細小的金色粒子淹沒了空間，讓人產生一種誤入流星群的錯覺。

「哎，總之，這下子萬事太平了。」

目睹騎著松葉的蛭兒大神神清氣爽的模樣，良彥半是嘆息地說道。等到恢復常態以後，蛭兒大神可以再次出遊，用自己的雙腳行遍喜助深愛的城市。屆時，那匹神馬應該會如影隨形地陪伴祂吧。

良彥打開宣之言書，蛭兒大神的神名之上，蓋著鯛魚形狀的朱印及馬蹄形狀的朱印。確認完後，良彥啪一聲闔上宣之言書，收進包包中。

「好啦，肚子也有點餓了，去吃東西吧！」

海上出巡仍在進行，船上的廣播宣布稍後將進獻惠比須舞。不過，就算良彥他們不留下來觀賞，也還有許多人真心誠意地守候著。稱呼蛭兒大神為「惠比公」、對祂愛戴有加的人們，至今仍在支持祂。

「吃章魚燒！我想吃章魚燒！」

良彥轉過身，黃金立刻在他的腳邊陳情。

「搞什麼，祢在新世界沒吃啊？我看祢滿嘴醬汁，還以為祢跑去吃了咧！」

「我、我不是說過那只是不小心沾到汙垢而已嗎？」

「這麼一提……」

註10：祓具的一種。將麻或紙切成碎片，混入白米拋撒，可收淨化之效。

黃金垂著耳朵辯解，身後的穗乃香突然想起一件事，抬起頭來。

「我在新世界看見了比利肯……」

「咦？那邊到處都是比利肯像——」

良彥說到一半，見了眼前的她清澈的眼眸，猛省過來。

她的眼睛可以看見常人看不見的事物。

「是嗎？妳也看見啦，那傢伙常在那一帶走動。雖然祂的雕像貌若小孩，但實際上身材很高大吧？」

良彥一時間說不出話來，黃金代替他回答，並用黃綠色眼眸仰望穗乃香。

「對。沒想到祂長得那麼高大，嚇了我一跳……」

「咦？咦？等等！不是雕像，是活生生的比利肯？」

雖然比利肯並非日本神話中的神明，但祂在那一帶的確被視為幸運之神，還有個同名的小神社。既然如此，比利肯和良彥因為差事而認識的神明一樣四處走動，也沒什麼好奇怪的。

「穗乃香，妳那時候該不會是……」

良彥想起穗乃香在新世界時曾經凝視著某個方向。當時她聲稱看錯的，莫非就是比利肯？

「對、對不起，那時候我覺得不適合說這件事……」

穗乃香慌張地解釋。良彥無法繼續責備如此惶恐的她，只能將無處宣洩的感情放在心裡，抱頭苦惱。和稀有角色失之交臂，實在太令人懊悔了。

「別管這個了，良彥，快去吃章魚燒吧！神社境內應該有攤位。」

已經鎖定目標的黃金抽了抽鼻子，催促良彥快點行動。

「要看比利肯還不容易？只要去通天閣，隨時看得到。」

「章魚燒還不是隨時吃得到？啊……我也好想看喔……」

在福神灌注的慈愛中，良彥等人緩緩跟著豎起尾巴行走的黃金邁開腳步。

要點

神明講座 4

告訴我惠比須神的相關知識！

惠比須信仰主要有兩種體系，分別是奉祀蛭兒大神的神社，以及奉祀事代主神的神社。蛭兒大神與事代主神都是渡海而來的神明，性質相同，成了近年來廣為流傳的惠比須信仰。雖然兩者都被稱為「惠比公」，實際上是不同的神明。本作中，良彥等人造訪的通天閣附近有一座今宮戎神社，這裡奉祀的惠比須神便是事代主神。

然而，蛭兒大神與事代主神並不是一開始就被稱為「惠比須神」。「惠比須」這個神名是在平安時代末期寫成的《伊呂波字類抄》中首次提及，指的是廣田神社的攝社，但是書中並未說明祂是什麼樣的神明。《古事記》與《日本書紀》等典籍中也沒有名叫「惠比須」的神明。由此可見，似乎是後世的人自行找一尊合適的神明套用上去的。現在仍留有許多惠比須神的相關文獻，但幾乎都是七福神信仰開始在民間流傳的室町時代以後的文獻，而且，都將祂視為七福神之一或當時流行的福神。

此外，在平安時代末期開始盛行的本地垂跡思想（佛是神的「本尊」，神是佛為了普渡眾生而幻化出來的「化身」），認為惠比須神可能是毘沙門天（又或是不動明王）這類武藝高超的武神或好戰的凶神，百姓便是出於敬畏加以奉祀。

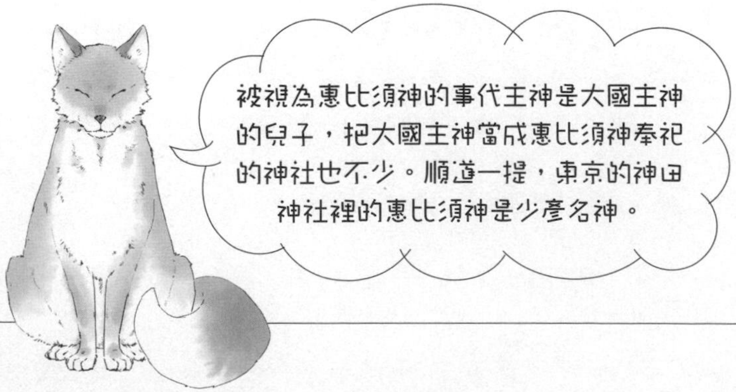
被視為惠比須神的事代主神是大國主神的兒子，把大國主神當成惠比須神奉祀的神社也不少。順道一提，東京的神田神社裡的惠比須神是少彥名神。

要點

神明講座 5

比利肯是什麼樣的神明？

比利肯的由來有很多種說法，據說是在一九〇八年，一名美國的女性藝術家以夢中所見的神明為原型塑造而成。當時比利肯被視為幸運之神，在全世界造成大流行。據說只要替比利肯的腳掌搔癢，就能帶來好運。

明治四十五年（一九一二年），本作中也曾提及的月神樂園落成之際，在園區內設置了一座比利肯堂，並於大阪首次展出頭兒尖尖、笑容獨特、伸直雙腿而坐的比利肯像。後來，又在昭和五十四年製作了第二代雕像。

現在的比利肯像是第三代，坐鎮於通天閣的展望室裡。

比利肯至今仍然廣受人們愛戴，餐飲店林立的新世界一角，還有一座為祂而設的比利肯神社。

神戶的松尾稻荷神社
現在仍奉祀著大正時期的比利肯像。
同時，比利肯也是
美國聖路易斯大學的吉祥物。

預兆

在秋意越來越濃的夜晚森林裡，從山中降下來的寒氣悄悄增加了透明度。

枝葉遮蔽星光，四周一片幽暗。男子已經有好長一段時間動也不動，坐在生苔的岩石上閉目養神。一把大劍插在地面上，握住劍柄的雙手骨節分明，有著身經百戰留下的傷痕。烏黑的長鬚正好顯示祂至今仍然洋溢的生命力。不過，沒人知道男子在此地等候什麼，或是思索什麼。宛若與森林柔和地同化，祂蘊含深不可測的恐怖，不知會做出什麼事。

那高大的身軀不時滲出藍色光芒，使得祂的身影浮現於漆黑的森林之中。這種美麗卻懾人的模樣絕非常人所能得見。

「……有意思。」

不久，祂睜開眼睛如此低喃，雙眸彷彿一片遼闊的大海，閃動著些微藍光。祂擁有不可思議的容貌，雖然處於思慮深遠的中壯年，感覺卻又像魯莽的年輕人，包藏著一股爆發力。

「從代理晉升為正式了啊？」

隨著逐漸高昂的情緒，祂的身體透出的光芒越發強烈。一道光像龍一樣竄出身體，迴旋半圈之後再度回到男子身上。

「……不過，一旦接下這個職務，就得背負眾神深沉的苦悶與哀嘆，絕非過去能比擬。」

祂露出略帶憂慮的眼神，靜靜地笑了。

「脆弱的凡人啊，你有足以包容的器量嗎？」

男子散發恆星般的壓倒性存在感，緩緩站起身來。祂的軀體極為壯碩，結實的肌肉包裹住全身。

「……你救得了嗎？」

祂以懷想某人的聲調輕聲詢問，並握住插在地面上的大劍。

「表現給我看吧！良彥。」

拔出的劍身被男子釋放的光芒染成藍色。祂輕輕鬆鬆地扛起大劍。

神界最為凶悍的蒼藍貴神，將視線移向遙遠的虛空。

後記

雖然稿子已經幾乎寫完了，但是日期接近，機會難得，我便去參觀「西宮祭」。老實說，我還沒看過「風祭」，這回是衝著它去的。舉凡從遊艇港的出航時間、參觀地點，事前調查可說是萬無一失，錯就錯在我不該被巴士站牌上的「遊艇港」文字吸引，未經確認就坐上巴士。巴士開過西宮大橋時，我不禁暗自納悶：「咦？」

各位，請小心。西宮有兩個遊艇港！

如此這般，我是淺葉なつ。最後多虧了親切的計程車司機，才讓我趕上「風祭」。下了巴士的瞬間，見到充滿上流氣息的整齊街道，我還忍不住暗想：「惠比公是從這麼漂亮的地方出發啊？」其實根本是我來錯地方。各位，參觀祭典前，請先做好詳盡的調查！

好啦，上一集順利升任正式差使的良彥，在角色上並沒有任何變化，一樣沒薪水可領、沒有交通津貼、沒有員工福利，而本人也終於對此產生危機意識，這應該算是一種成長吧。順道

後記

一提，月刊《B's-LOG COMIC》第三十三期刊載了良彥獲選為代理差使之前的短篇漫畫，而從第三十四期起，將由ユキムラ老師依序把本作改編為漫畫。打工中的良彥、毛茸茸的黃金、帥氣的孝太郎全都畫得栩栩如生，希望各位讀者都能看看。

本集從開始到最後登場的四尊神明都頗有名氣。第一尊的邇邇藝命，其實早就名列題材清單，只是因為祂和第二集登場的夫婦神頗有雷同之處，所以直到這次才得見天日。由於篇幅有限，沒機會提及木花之佐久夜毘賣的姊姊，但願以後有機會描寫祂。

第二尊的倭建命是每個日本人都聽過的英雄，但知道祂悲劇身世的人應該不多。不過，《古事記》和《日本書紀》的描寫有很大的差異，兩書對照閱讀，應該挺有意思的。

第三尊是為了寫一篇以孝太郎為中心的故事，才請大地主神登場。寫這一章時，我想不起開幕時去過的京都水族館裡有什麼，所以又去了一次。海豚秀的花樣變多了，讓我感受到時光流逝……

關於第四尊的惠比公，其實我原先寫了另一篇同樣是以蛭兒大神為主的故事，但又覺得內容太薄弱才改成現在的故事。如同神明講座中提到的，惠比公是很神祕的神明，有許多軼事，光是要從中挑選合適的題材就費了不少精神。此外，由於惠比須信仰分為兩個體系，為了避免混淆，雖然提到通天閣卻不能提及附近的今宮戎（這裡的惠比須神是事代主神），害我寫起來怪不自在的。再說，如果提及事代主神，連祂老爸也會一起跑出來……祢在第四集的戲分夠多了，請休息一下吧！就我個人而言，寫到高龗神、遙斗及通天閣的那尊神明，是一大樂事。

以下是謝詞。

每次畫的圖都讓我想裱框裝飾的くろのくろ老師！感謝您在百忙之中繪製了依然美麗的秋季封面。對我而言您就是神，錯不了！還有「Unluckys」，又壓迫到你們的書架空間，對不起。再來是一直替我加油的家人親戚以及敬愛的祖先，我要向你們獻上不變的愛與感謝。

以及這回依舊捨命陪君子的兩位責編。煩惱著不知該如何讓良彥去九州的一尊，指示我把倭建命寫得像王子的二尊，強力主打孝太郎的三尊，以及刪掉重寫的四尊。感謝你們每次都陪我絞盡腦汁，也很謝謝你們幫我調查一棵松的相關資訊。下回也請兩位繼續關照。

最後，但願神明的心意也能傳遞給拿起這本書的您。

那麼，第六集再會吧。

二〇一五年十月某日　聆聽著秋祭太鼓聲　淺葉なつ

參考文獻

《白話古事記 眾神的故事》 竹田恒泰著（學研出版）
《白話古事記 天皇的故事》 竹田恒泰著（學研出版）
《神道文化叢書1 神道百言》 岡田米生著（財團法人神道文化會）
《全白話文譯版 日本書紀（上）》 宇治谷孟譯（講談社）
《西宮神社之研究》 發行所 西宮神社

參考文獻
西宮市鄉土資料館新聞第十六號
西宮市鄉土資料館新聞第十七號

參考網站

環境學習都市・西宮　環保社群資訊留言板

惠比須宮總本社　西宮神社　西宮祭網站

幸運之神比利肯官方網站

國家圖書館出版品預行編目資料

諸神的差使 / 淺葉なつ作；王靜怡譯. -- 初版.
-- 臺北市：臺灣角川, 2016.07-
冊；　公分. --（角川輕.文學）

譯自：神様の御用人
ISBN 978-986-473-174-9(第 5 冊：平裝)

861.57　　105009202

輕文學
Light Literature

諸神的差使 5
原著名＊神様の御用人 5

作　　者＊淺葉なつ
插　　畫＊くろのくろ
譯　　者＊王靜怡

2016 年 7 月 25 日　初版第 1 刷發行

發 行 人＊成田聖
總 編 輯＊呂慧君
主　　編＊李維莉
文字編輯＊溫佩蓉
資深設計指導＊黃珮君
美術設計＊陳晞叡
印　　務＊李明修（主任）、張加恩、黎宇凡、潘尚琪

發 行 所＊台灣角川股份有限公司
地　　址＊105 台北市光復北路 11 巷 44 號 5 樓
電　　話＊（02）2747-2433
傳　　真＊（02）2747-2558
網　　址＊http://www.kadokawa.com.tw
劃撥帳戶＊台灣角川股份有限公司
劃撥帳號＊19487412
製　　版＊尚騰印刷事業有限公司
I S B N＊978-986-473-174-9

香港代理
香港角川有限公司
地　　址＊香港新界葵涌興芳路 223 號新都會廣場第 2 座 17 樓 1701-02A 室
電　　話＊（852）3653-2888

法律顧問＊寰瀛法律事務所